KB120148

힘들면, 잠시 쉬어 가세요

힘들면, 잠시 쉬어 가세요

초판 1쇄 인쇄일 2016년 11월 07일
초판 1쇄 발행일 2016년 11월 15일

지은이 이윤배
펴낸이 양옥매
디자인 이수지
교 정 조준경

펴낸곳 도서출판 책과나무
출판등록 제2012-000376
주소 서울특별시 마포구 월드컵북로 44길 37 천지빌딩 3층
대표전화 02.372.1537 **팩스** 02.372.1538
이메일 booknamu2007@naver.com
홈페이지 www.booknamu.com
ISBN 979-11-5776-303-0 (03810)

이 도서의 국립중앙도서관 출판시도서목록(CIP)은 서지정보유통지원 시스템
홈페이지(http://seoji.nl.go.kr)와 국가자료공동목록시스템
(http://www.nl.go.kr/kolisnet)에서 이용하실 수 있습니다.
(CIP제어번호 : CIP2016026524)

*저작권법에 의해 보호를 받는 저작물이므로 저자와 출판사의 동의 없이 내용의 일부를
 인용하거나 발췌하는 것을 금합니다.
*파손된 책은 구입처에서 교환해 드립니다.

이윤배 교수의
아름다운 이야기

힘들면,
잠시
쉬어 가세요

이윤배 지음

책과나무

2002년 4월 15일부터 책을 읽고 아름다운 글을 발췌해 '이윤배 교수의 아름다운 이야기'란 제목으로 매주 1회씩 보내기 시작했습니다. 보내게 된 동기는 단순했습니다. 꿈을 잃어버린 채 방황하는 가르치고 있는 제자들에게 희망과 꿈을 심어 주기 위해서, 그리고 지인들과의 아름다운 소통을 위해…….

이처럼 보내기 시작한 아름다운 글의 첫 묶음이 2009년 『삶을 아름답게 꾸미고 싶을 때 읽는 책』이란 이름으로 출판되었습니다. 그리고 기대 이상의 많은 사랑을 받았습니다. 그 사랑 중 하나가 2009년 야후 코리아와 영풍문고에서 주최한 '선물 받고 싶은 도서 추천 이벤트'에서 '새롭게 시작하는 연인들에게 선물 받고 싶은 도서' 10권 중 한 권으로 당당히 뽑힌 사실입니다. 그리고 전국 교도소에 복역 중인 많은 재소자들이 책을 갖고 싶다는 연락을 해

와 무료로 나누어 주기도 하였습니다. 그 결과 재소자들로부터
자포자기의 삶에서 책을 읽고 많은 용기를 얻었다는 감사의 편지
도 여러 통 받았습니다.

그리고 꼭 7년 후인 2016년, 『힘들면, 잠시 쉬어 가세요』란 제
목으로 두 번째 아름다운 이야기 모음집을 출판하게 되었습니다.
감개가 무량합니다. 2002년부터 지금까지 15년째 변함없이 아름
다운 이야기 보내는 일을 매주 계속하고 있는 제 자신에게 꽃다발
이라도 안겨 주고 싶습니다.

어느 시인이 그랬던가요! '인생은 봄처럼 짧다'고…….
그러나 지금은 100세 시대, 1세기라는 결코 짧지 않은 기간을
살아야 합니다. 이처럼 기나긴 내 인생에서 주인공이 될 것인가,
단역 배우가 될 것인가는 하는 문제는 순전히 자신의 선택과 의지
에 달려 있습니다. 그런데 유감스럽게도 많은 사람들이 주인공을
포기한 채, 스스로 자신을 폄하하기도 하고, 무시하며 살아갑니
다. 슬픈 일입니다. 그것도 한 번뿐인 인생을 말입니다.

물론 한평생의 삶이 녹록지 않다는 사실을 누구나 다 잘 알고
있습니다. 살다 보면 넘어질 수도 있고, 무언가 소중한 것들을
잃어버릴 수도 있고, 참혹한, 아니 절망적인 현실에 직면할 수

도 있습니다. 그런데 이때 그 사람의 진정한 진면목을 볼 수 있습니다. 어떤 이들은 굳건히 다시 일어서거나, 결연히 극복해 냅니다. 반면 어떤 이들은 절망한 나머지 자살이란 극단적인 선택으로 생을 포기하기도 합니다. '자살'을 거꾸로 하면 '살자'인데도 불구하고…….

필자도 어린 시절 연거푸 대학 입시에 실패하고 절망적인 상황에서 생을 포기하고자 한밤중에 한강에 간 적이 있습니다. 그런데 칠흑 같은 어둠 속에 흐르는 한강물이 너무 무서웠습니다. 그래서 결국 뛰어내리지 못했습니다. 그때 용기(?)를 내 뛰어내렸더라면 오늘 이 같은 글도 쓸 수 없었을 것이고, 독자들과도 만날 수 없었을 것입니다. 때문에 지금은 그때 뛰어내리지 않은 것을 천만다행으로 알고 감사히 여기며, 열심히 살아가고 있습니다. 세상은 그래도 살 만한 충분한 가치기 있는 곳이기 때문입니다.

그런데 잠시 뒤집어 생각해 보면, 답이 보이기도 합니다. 인생이 순탄하기만 하다면 과연 재미있을까 하는……. 아마도 삶이 무미건조하고 재미가 없을 것입니다. 그래서 삶 속에 적당히 스트레스도 있어야 하고, 때에 따라서는 적당한 고통도 필요합니다. 특히 적당한 긴장감은 인생을 더욱더 풍요롭게 만들고, 삶의 진솔한 의미를 일깨워 주기도 하기 때문입니다.

그러나 살다 보면 인간의 힘으로는 도저히 감당할 수 없는, 답이 전혀 보이지 않을 때도 분명 있습니다. 이때 그에 대한 답을 줄 수 있는 책이 됐으면 좋겠습니다. 언제든 가까이 두고 아무 페이지나 넘겨 읽으면서 희망과 용기를 가졌으면 좋겠습니다. 그리고 아프고 힘들 때 한 토막의 아름다운 글을 읽고 얼굴 가득, 아름다운 미소를 지을 수 있다면 더더욱 좋겠습니다.

끝으로 딸아이의 결혼을 진심으로 축하하면서, 이 책을 사랑하는 가족과 저를 아는 모든 지인들께 바칩니다. 아울러 책을 아름답게 잘 출판해 주신 '책과 나무'의 사장님과 직원 여러분께도 심심한 감사의 말씀을 전합니다.

2016년 11월 어느 화창한 날
광주 무등산 자락의 연구실에서
이 윤 배 씀

| 목차 |

여는 글 … p. 004

01 — 첫째 마당

가장 소중한 것은
지금, 나 자신 … p. 015

오늘만이라도

당신이 최고다

하루를 완벽하게 사는 방법

지금 잘하고 있는지 묻자

자신을 먼저 사랑하라

늘 감사하는 마음으로

도전 없는 삶은 무의미하다

바로 '지금' 하라

'자살'은 죄악이다

'나'라는 '히트' 상품을 만들자

남과 자신을 비교하지 마라

자신을 포용하고 사랑하라

작은 행복이 더 아름답다

20년 후의 당신을 생각해 보라

지금, 지금, 지금

패자의 단어와 승자의 단어

세상에서 속일 수 있는 단 한 사람

나이는 숫자일 뿐이다

시간은 다시 되돌릴 수 없다

먼저 자신의 능력을 믿어라

세 가지 후회하는 일

인생을 사랑하는 법

| Contents |

02 — 둘째 마당

성공적인 삶을 위해
희망하며 도전하며 ⋯ p. 061

자신의 길을 과감하게 가라

마침표를 찍지 말자

자신의 실력을 안다는 것은

결단할 때는 과감히 하라

멀리 보고 크게 생각하라

아픔이 있을지라도

프로에게 매너리즘은 없다

이상을 실현하려면

넓고 큰 도량을 가져라

삶에는 파도가 필요하다

성공의 두 가지 비결

열정이 없음 늙어 간다

실패를 두려워하지 마라

늘 자신을 살피고 반성하라

'언젠가'란 막연함에 기대지 마라

모험을 감행하라

인생은 계속적인 실험이다

위험에 처했을 때

지금부터 5년 후 계획을 짜라

나이 때문에 늙지는 않는다

희망과 절망의 차이

할 수 있을 때까지 하라

03 — 셋째 마당

의미한 삶,
그 속에서 느끼는 행복 ··· p. 107

___

돈이 많다고 행복한 것은 아니다

남을 돕는 일은 쉽다

좋은 습관을 가져라

진정한 행복을 맛보려면

사람이 사람인 까닭

따뜻한 말 한마디가 그리운 세상

고결한 삶을 살라

스스로 아름다워져라

진정 행복했던 시간은

행복해 지려면

감사하기 위한 3단계 공식

___

화를 잘 다스려라

소리 내어 '행복'하다고 외쳐라

아름다운 말이 미래를 결정한다

때로는 잊어버려라

매일 행복해지는 비결

죽음 앞에서 후회하는 5가지

내 행복은 내 가슴으로

지금 가진 것에 만족하라

'부록 인생'을 살지 마라

마음의 자유를 찾아서

평생 행복하려면

| Contents |

04 — 넷째 마당

내 안의 천국을 위한
내려놓음의 지혜 … p. 153

남의 용서를 받는 사람이 되지 마라

말하기 전에 먼저 생각을

비밀은 지켜야 비밀이다

멀면 멀수록 편하다

올바른 삶을 사는 지혜

말은 쉽지만 말하기는 어렵다

혼자 고민하지 마라

그대 또한 옳다

중용(中庸)을 지키는 지혜

나쁜 기억은 빨리 버려라

불필요한 짐은 버려라

자신을 위해 명상하라

때로는 갈대처럼 휘어져라

아름다운 마무리는 '비움'이다

양심 있는 인격자가 되라

물처럼 살아라

잘난 것은 먼저 '해(害)'를 당한다

70%만 성공해도 만족하라

행복을 위한 조건

엉터리 삶에서 벗어나라

천국은 내 안에 있다

조금 손해 보는 삶이 더 나은 이유

| 목차 |

05 ― 다섯째 마당

더불어 사는 세상,
소통하며 관계 맺으며 … p. 199

아버지의 사랑

시집가는 딸에게

거절과 인간관계

편견의 '자'를 버려라

의리를 저버리는 자, 멀리하라

아름다운 사랑을 하려면

공자의 '참' 친구론

아름다운 삶을 소망한다면

장님의 등불

소통의 본능과 목적

가치 있는 인맥을 맺으려면

내 말을 줄이고 경청하라

먼저 씨를 뿌려라

행복한 가정을 이루려면

타인의 장점만 보도록 하라

현명한 배우자를 선택하려면

남의 허물을 함부로 들추지 마라

사람을 사귈 때는 잘 살펴라

나누는 삶은 아름답다

편견은 나를 망치는 독이다

언제나 축하하라

사람 됨됨이를 보라

가장 소중한 것은
지금, 나 자신

오늘만이라도

오늘만이라도
나는 사랑하며 살리라.

오늘만이라도
나는 감사하며 살리라.

오늘만이라도
나는 너그러움 마음으로 살리라.

오늘만이라도
나는 기쁜 맘으로 살아 보리라.

오늘만이라도
나는 최선을 다해 살아보리라.

러스킨의 『오늘만이라도』 중에서

힘들면 잠시 쉬어 가세요

➡ 세상에서 가장 소중한 선물은 현재, 바로 '지금'입니다. 지금 이 순간이 행복해야 합니다. 따라서 이미 지나 버린 과거를 들추며 괴로워하지 마십시오. 슬픈 과거든, 좋은 과거든 과거는 흘러가도록 내버려 두어야 합니다. 물론 세상을 살다 보면 어쩌다가 지킬 것을 지키지 못한 채, 평생 동안 슬픈 멍에를 메고 살아갈 수도 있습니다. 그러나 잃어버린 것이 있고, 떠나간 사람이 있다 해도 지금 남은 것이 있지 않습니까? 지금(present)이 가장 소중한 선물(present)인 것입니다. 혹시라도 과거를 통해 배운 교훈이 있다면, 그것을 밑거름 삼아 멋진 오늘을 살면 됩니다.

당신이 최고다

당신은 자연의 위대한 기적이다.

지금까지 전혀 존재하지 않았고
앞으로도 당신과 똑같은 사람은
아무도 없을 것이다.

어떤 영역에서
당신보다 좀 더 정보가 많았거나,
좀 더 성공한 사람은 더러 있었겠지만,
이제까지 당신보다 나은 사람은 아무도 없었다.

당신이 생각하고 바라는 모든 일이
당신의 인생에서 일어날 수 있다.

브라이언 트레이시의 『변화의 기술』 중에서

힘들면 잠시 쉬어 가세요

➡ 우리 자신이야 말로 가장 가치 있는 자산입니다. 따라서 먼저 나 자신을 소중하고 가치 있는 사람으로 인정하고 받아들여야 합니다. 그 다음 올바른 방법으로, 올바른 일을 한다면, 원하는 바, 모든 것을 얻게 될 것입니다. 내 자신이 1막 1장의 주인공이기 때문입니다. 그럼에도 불구하고 자신을 조연이나 단역으로 폄하하는 사람들이 많습니다. 내 스스로 나를 업신여기고 못났다고 비하하는데 누가 나를 존중하고 사랑해 주겠습니까? 당신 스스로 자신을 사랑하십시오. 당신은 최고니까요.

가장 소중한 것은 지금, 나 자신

하루를 완벽하게 사는 방법

슬픈 일이 생겼을 때를 제외하고는
웃지 않고 보내는 날이 없도록 하라.

책을 읽지 않고 보내는 날이 없도록 하라.

친구와 교류 없이 보내는 날이 없도록 하라.

매일 매일을 선행과 작은 즐거움과
모험으로 채워서 값지게 하라.

그것이야 말로 당신이 하루를
완벽하게 보내는 확실한 방법이다.

허버트 뉴튼 카슨의 『짧고 깊은 조언』 중에서

힘들면 잠시 쉬어 가세요

➡ 우리에게는 더 이상 낭비할 시간이 없다는 것을 알아야 합니다. 따라서 우리는 하루하루를 인생을 알차게 채우는데 사용해야 합니다. 자신의 인생이 끝날 때까지 충분한 시간을 가진 사람은 아무도 없기 때문입니다. 그것이 우리가 하루를 타성에 젖어 낭비하면 안 되는 이유입니다. 그것이 우리가 하루를 끝낼 때 친구들과 우정을 나누거나, 음악을 듣거나, 공부를 하거나, 건전한 오락을 하거나, 가족과 즐거운 시간을 보내야 하는 이유입니다. 하루하루가 모여서 한 사람, 한 사람의 인생이 된다는 사실을 늘 기억해야 합니다.

가장 소중한 것은 지금, 나 자신

지금 잘하고 있는지 묻자

지금 자신의 관심이
어디에 있는지,
어떻게 시간을 보내는 것이 좋을지,

자신이 기대해 온 인생이
실제 자신의 인생관과
일치하는지 하는 질문을
자신에게 자주 던져보는 것이 좋다.

그에 대한 대답이 최대한
'정직'해야 함은 물론이다.

리차드 칼슨의 『우리는 사소한 것에 목숨을 건다』 중에서

힘들면 잠시 쉬어 가세요

➡ 인생을 살면서 하루에 한 번씩, 아니 일주일에 한 번씩이라도 스스로에게 '지금 잘하고 있는지'와 같은 질문을 던져보는 것이 좋겠습니다. 살다 보면 목표나 목적지를 벗어나 엉뚱한 방향으로 삶이 진행될 수도 있기 때문입니다. 삶의 방향이 잘못되었다면, 즉시 바로잡아 올바른 방향으로 나가야 합니다. 늦추거나 지체하면 할수록 불투명한 미래로 인해 불행을 자초할 수 있는 까닭입니다.

자신을 먼저 사랑하라

이 세상에 완벽한 사람은 없다.
누구나 개선해야 할 부분이 있다
그러므로 열등감에 빠져 살 필요는 없다.
그럼에도 자신을 지독히 싫어하는 사람들이 많다.

그들 안에는
죄책감과 열등감, 불안감, 자괴감이 들끓고 있다.
자신을 부정적으로만 생각한다.
자기 거부로 인해 남들과 어울리지 못한다.

그러나 불안전은
우리가 평생 안고 살아가야 할 부분이다.

조엘 오스틴의 『긍정의 힘(묵상편)』 중에서

➡ 자기가 자기 자신을 사랑하지 않는데 누가 나를 사랑해 주겠습니까? 이런 까닭에 더 높은 단계로 나가려면 흠까지 포함해서 자기 자신 전부를 용납하고 사랑해야 합니다. 그리고 누구나 약점과 흠이 있다는 사실을 인정해야 합니다. 자신의 비현실적인 기대와 소망이 이루어지지 않았다고 해서, 자신에게 너무 심하게 굴지 말고 쉼과 평화 속에 거(居)해야 합니다.

늘 감사하는 마음으로

내가 볼 수 있다면,
저녁에 태양이 지는
아름다운 모습을 보고 싶다.

내가 말 할 수 있다면,
부모님과 친구들의 이름을
마음 놓고 불러 보고 싶다.

내가 들을 수만 있다면,
숲속에 들어가서
새들이 지저귀는 소리를 듣고 싶다.

헬렌 켈러의 『3일만 정상인이 될 수 있다면』 중에서

힘들면 잠시 쉬어 가세요

➡ 볼 수도, 들을 수도, 말할 수도 없는 헬렌 켈러가 그렇게 하고 싶었던 일들을 우리는 평상시 너무나 쉽게 할 수 있습니다. 때문에 오히려 감사함을 잊고 살아가고 있는지도 모릅니다. 그러나 헬렌 켈러에게는 이와 같은 일상적인 일들이 너무나 절실한 소망이었습니다. 따라서 우리는 하느님께서 지금과 같은 건강을 주신 데 대해 늘 진심으로 감사해야 합니다. 그리고 장애인은 물론 어려운 이웃들에게도 관심과 애정을 가지고 함께 해야 합니다.

가장 소중한 것은 지금, 나 자신

도전 없는 삶은 무의미하다

아무런 위험을 무릅쓰지 않는 사람은
어떤 일도 할 수 없고,
아무 것도 가질 수 없으며,
무엇도 될 수 없습니다.

그는 고통과 슬픔을
피할 수 있을지는 모르겠지만,
배우고 느끼고 변화하고
성장하고 사랑하면서 살 수는 없습니다.

확실한 것에만 묶인다면
그는 노예입니다.
자유를 잃은 사람일 뿐입니다.

레오 버스카글리아의 『지혜의 두레박』 중에서

힘들면 잠시 쉬어 가세요

➡ 인생을 살면서 도전을 두려워한다면 아무것도 이룰 수 없습니다. 그런데 성공한 사람들 대부분은 분명한 목표를 갖고 끊임없이 도전한 사람들입니다. 배가 거친 바다가 아닌 항구에 정박해 있어서는 아무 쓸모가 없듯, 인생도 현실에만 안주한다면 발전도, 희망도, 행복도 없습니다. 한 번뿐인 인생을 이렇게 사는 것은 무의미한 일입니다. 따라서 행복한 삶을 위해서는 끊임없이 도전하는 삶을 추구하는 것입니다. 특히 도전하다 실패했다고 해서 실망하거나 좌절할 필요는 없습니다. 또 일어나 다시 시작하면 될 일입니다. 인생은 짧은 것 같지만 도전하기에는 충분히 길기 때문입니다.

가장 소중한 것은 지금, 나 자신

바로 '지금' 하라

할 일이 생각나거든
지금 하십시오.

오늘 하루는 맑지만,
내일은
구름이 보일지 모릅니다.

어제는
이미 당신 것이 아니니
지금 하십시오.

친절한 말 한 마디가 생각나거든
지금 하십시오.
내일은
당신 것이 안 될지 모릅니다.

힘들면 잠시 쉬어 가세요

사랑하는 사람은
언제나 곁에 있지 않습니다.
사랑의 말이 있다면
지금 하십시오.

찰스 헤돈 스펄전의 『지금 하십시오』 중에서

➡ 행복은 지난 과거에 있는 것도, 다가올 미래에 있는 것
도 아닙니다. 그 까닭은 어제라는 과거는 이미 써 버린 지폐
이고, 내일은 아직 발행되지 않은 채권이며, 오늘만이 우리
손에 쥐어진 현금인 까닭입니다. 이미 지나 버린 어제가 다
무슨 소용이며, 아직 오지 않은 내일을 걱정해 봐야 뭐가 달
라지겠습니까? 이런 까닭에 내일이 아니라 오늘 시작해야
합니다. 행복은 지금 이 순간 바로 지금, 가꾸고 누려야 합
니다. 지금 당신 곁에 있는 사람과 함께 지금 당장 주어진
시간을 기쁨 속에서, 의미 있고 보람 있게 보낼 때 우리는
진정으로 행복해질 수 있습니다.

가장 소중한 것은 지금, 나 자신

'자살'은 죄악이다

자살을 통해 보복을 한다는 것은
너무나 어리석은 일이다.

평소 당신을 무심히 대하고,
알게 모르게 상처를 입힌 사람들.

즉, 처절한 복수의 대상은
당신이 죽고 난 뒤,
체 일주일도 안 되어
당신을 잊고 말 것이다.

허지만 당신을 사랑하는 사람들은
남은 일생 동안
당신이 왜 그런 길을 택했는지
마음 아파하며 살아갈 것이다.

힘들면 잠시 쉬어 가세요

결국 당신이 의도한 것과
정반대의 결과를 가져온다.

이범기의 『내 인생을 바꾸는 한 톨의 지혜』 중에서

➡ 매년 약 1만 5천여 명이 자살을 하고 있다는 통계입니다. 하루에 41명꼴로 자살을 하고 있는 셈입니다. 그런데 '자살'을 거꾸로 하면 '살자'입니다. 따라서 쓸데없는 망상으로 시간을 낭비하는 대신, 죽음에 대한 환상을 창조적으로 이용해야 합니다. 인생의 부정적인 측면들. 즉, 죄책감과 소외감, 과대망상, 소모적인 자기 연민 등을 과감히 떨쳐 버리고 자신감, 기쁨, 용기와 같은 보다 바람직하고 긍정적인 자질들을 자신 속에서 이끌어 내는 것입니다. 세상은 그런대로 아직은 살 만한 곳이기 때문입니다.

가장 소중한 것은 지금, 나 자신

'나'라는 '히트' 상품을 만들자

'나'라는 히트 상품을 만들기 위해
당신은 얼마나 많은 노력과
시간을 투자하고 있는가?

투자와 투입 없이
수익과 산출이 발생할 수는 없다.

남들이 할 수 없는 영역,
남들이 가보지 않는 곳까지
끈기와 투지를 발휘해 자신을 데려가라.

그것이 '차별화'의 시발점이다.

전옥표의 『이기는 습관』 중에서

힘들면 잠시 쉬어 가세요

➡ 나와 남을 차별화하기 위해서는 나 자신을 히트 상품으로 만들고자 하는 노력을 끊임없이 해야 합니다. 이를 위해 열심히 자신을 연마하고, 그래서 나 자신의 상품 가치를 충분히 높여 놓아야 합니다. 그리고 언제 주어질지 모르는 기회를 인내하며 기다려야 합니다. 기회는 반드시 준비된 자에게 찾아오기 때문입니다.

가장 소중한 것은 지금, 나 자신

남과 자신을 비교하지 마라

우리가 남과 나를 비교하지 않는다면
두려울 것이 없다.

기운 옷 입고도 부끄러울 것이 없다면
그 마음이 천국이다.

천국은 가까이 있는데
사람들은 지옥을 기웃거린다.

지옥은 무당의 춤처럼
화려하고 현란하기 때문인지도 모른다.

이정옥의 『반만 버려도 행복하다』 중에서

➡ 인생을 살면서 우리는 늘 남의 눈을 의식하며 살아갑니다. 그래서 명품으로 외모를 치장하고자 열을 내기도 하고, 악착같이 돈을 모으고 열심히 명예를 좇습니다. 그러나 타인들은 우리에게 그다지 관심이 없습니다. 오늘 아침 길거리에서 지나친 수많은 사람들을 당신이 기억할 수 없듯이 말입니다. 따라서 남의 눈을 의식하기보다는 실속 있는 자신이 되고자 노력하는 것이 더 현명한 일입니다.

가장 소중한 것은 지금, 나 자신

자신을 포용하고 사랑하라

자신을 이해할 수 있을 때만
자신을 포용할 수 있다.

자신을 포용할 수 있을 때만
자신을 사랑할 수 있다.

그리고 자신을 사랑할 수 있을 때만
비로소 사랑을 배우게 된다.

우리의 궁극적 목적은
사랑을 표현하는 것이다.

이것은 자신과 관계를 맺는 과정이다.
그리고 그 관계는 삶을 변화시킨다.

켄 쉘튼의 『인생의 조언』 중에서

힘들면 잠시 쉬어 가세요

➡ 어떤 신체적 변화를 도모하기 전에 먼저 자신부터 이해하고 사랑해야 합니다. 이것이 자신의 삶을 변화시킬 수 있는 기본적인 토대입니다. 흔들리는 토대 위에 집을 짓는다면, 결국 무너지고 말 것입니다. 이런 까닭에 우리 모두는 먼저 스스로 자신을 사랑하고 포용해야 합니다. 이는 목표를 달성했을 때 보다 현재의 모습을 더 사랑하라는 뜻입니다. 자신이 자신의 삶의 주인공이자, 주연 배우이기 때문입니다.

가장 소중한 것은 지금, 나 자신

작은 행복이 더 아름답다

우리가 시련 많은 세상에 살면서
그래도 웃을 수 있는 것은

알게 모르게 곁에 있는 작은 행복들이
삶의 힘이 되기 때문입니다.

행복이란 마음먹기에 달렸습니다.

받는 것만 바란다면 행복은 오지 않습니다.

행복은 큰 것보다는 작은 것에서 시작됩니다.
그리고 작은 행복은 결코 멀리 있지 않습니다.

오광수의 『작은 행복이 만드는 우리들 세상』 중에서

힘들면 잠시 쉬어 가세요

➡ 행복은 결코 멀리 있지 않습니다. 그러나 인간은 늘 이 사실을 잊은 채, 멀리서 행복을 찾고, 미래의 행복만을 기대하며 삽니다. 그런데 지금 내 곁에 있는 사람, 내가 살고 있는 집, 따뜻한 태양, 그리고 갈증 날 때 시원한 물 한 잔, 이 모두가 작은 행복을 주는 것들입니다. 이런 까닭에 행복해지길 바란다면, 지금 이 순간을 의미 있게 보내고, 지금 곁에 있는 것들을 소중하게 간직할 줄 알아야 합니다. 행복은 바로 내 곁에 이미 소리 없이 둥지를 틀고 와 있으니까요.

가장 소중한 것은 지금, 나 자신

20년 후의 당신을 생각해 보라

지금부터 20년 후
당신은 자신이 한 일보다
하지 않았던 일로 인해
실망하는 일이 더 많을 것이다.

그러므로 돛을 올리고
안전한 항구를 떠나 항해를 시작하라.

무역풍을 타라.
모험을 감행하라.

스티브 챈들러의 『리치웨이』 중에서

힘들면 잠시 쉬어 가세요

➡ 버나드 쇼는 "우물쭈물하다가 이렇게 될 줄 알았다."라고 탄식을 하며 숨을 거두었습니다. 우리도 20년 후, 자신을 보며 그렇게 말하게 될지도 모를 일입니다. 따라서 20년 후 자신을 위해서는 지금 이 순간, 자신이 해야 할 일을 시작해야 합니다. 중요한 일은 가능한 것부터 당장 시작하는 것입니다. 그리고 '나라고 안 되는 법이 있는가?', '나도 할 수 있다.'라고 날마다 외치는 것입니다. 의지와 용기만 있다면 못할 일이 없습니다.

가장 소중한 것은 지금, 나 자신

지금, 지금, 지금

이 세상에서 가장 중요한 일은
'지금'이고,

이 세상에서 가장 중요한 사람은
'지금 만나는 사람'이고,

이 세상에서 가장 중요한 일은
'지금 그 사람에게 선을 베푸는 일'이다.

명성훈의 『성공에 대한 관점이 바뀌면』 중에서

힘들면 잠시 쉬어 가세요

➡ 한 번뿐인 인생은 너무나 소중하고 귀한 것입니다. 당신은 예술가이고 당신의 인생은 커다란 한 화폭입니다. 지금 바로 이 순간부터 자신의 인생을 예술 작품으로 창조하는 작업에 착수하십시오. 과거는 이미 흘러가 되돌릴 수 없고, 미래는 불확실하기 때문입니다. 따라서 현재 이 순간, 지금 만나는 사람에게 최선을 다하십시오. 그런데 우리는 어리석게도 그 사람이 늘 곁에 있으니 그 사람의 소중함을 모른 채 살아갑니다.

가장 소중한 것은 지금, 나 자신

패자의 단어와 승자의 단어

인생에서 가장 파괴적인 단어는 '나중'이고,
인생에서 가장 생산적인 단어는 '지금'이다.

힘들고 불행하게 사는 사람들은
'내일 하겠다'고 말하는 반면,
성공하고 행복한 사람들은
'지금 한다'라고 말한다.

그러므로 '내일'과 '나중'은 패자들의 단어이고,
'오늘'과 '지금'은 승자들의 단어이다.

이민규의 『실행이 답이다』 중에서

힘들면 잠시 쉬어 가세요

➡ 중요한 일을 미루는 것은 불행한 사람들의 공통점입니다. 그들은 '나중에', '내일', '언젠가'라는 단어를 입에 달고 다닙니다. 그러나 새로운 시작을 위해 완벽한 시간이란 없습니다. 금연하기에, 운동하기에, 등산하기에 가장 좋은 날 역시 없습니다. 어떤 특별한 날부터 금연하겠다고, 운동하겠다고 생각하지 말고, 오늘 당장, 지금 실행에 옮기는 것이 낫습니다. 그 까닭은 실천하기 가장 좋은 날은 '오늘'이고, 실행하기 가장 좋은 시간은 '지금'이기 때문입니다.

가장 소중한 것은 지금, 나 자신

세상에서 속일 수 있는 단 한 사람

신전에 세울
거대한 신상을 만들고 있던
조각가가 있었습니다.

그런데 구경하는 사람들이 보니
조각가는 신상의 머리 뒤쪽에
머리카락 하나하나를 조각하느라
땀을 뻘뻘 흘리고 있었습니다.

구경꾼 중에 누군가가 소리쳤습니다.
"그 조각상은 아주 높은 곳에
대리석 벽을 뒤로하고 세워질 텐데
머리 뒤쪽이 어떻게 생겼는지
누가 안다고
그렇게 열심히 조각을 하는 거요?"

조각가는
계속에서 머리카락을 조각하며
대답했습니다.

"내가 알지요."

막시무스의 『지구에서 인간으로 유쾌하게 사는 법』 중에서

➡ 빨간 신호등 임에도 불구하고 지나가는 차가 없다고 횡단보도를 건너고, 보는 사람이 없다고 아무 곳에나 함부로 쓰레기를 버립니다. 누구나 한두 번은 경험해 본 일입니다. 그런데 "남들을 감쪽같이 속였다고요? 아무도 없는데 누굴 속입니까?" 나 자신만 속인 것입니다. 이 세상에서 정말로 내가 속일 수 있는 사람은 나 자신밖에 없습니다. 그리스의 조각가인 페이디아스는 그것을 알고 있었던 것입니다.

가장 소중한 것은 지금, 나 자신

나이는 숫자일 뿐이다

들어가는 나이에 연연하지 말자.

단지 자기를 비울 줄 알고
대신 베풀 줄 아는
중년이나 노년이 될 수 있다면,
그게 바로 잘 살아가는 게 아닌가 싶다.

매 순간순간 생의 황홀함과
절정을 느끼고 싶다.

이숙영의 『나이 들어감의 미학』 중에서

힘들면 잠시 쉬어 가세요

➡ 나이 드는 것은 슬프거나 안타까운 일이 결코 아닙니다. 81세의 나이에 『불량하게 나이 드는 법』이란 책을 저술한 세키 간테이는 자신의 책에서 "지금도 나는 성장 중"이라고 말하고 있습니다. 이런 까닭에 나이 드는 것은 낡거나 더 쓸모없어지는 것이 아니라, 더욱 완숙해지고 더욱 우아해지는 것입니다. 늙은 호박이 되는 것이 아니라, 잘 익은 호박이 되는 것입니다. 따라서 나이 드는 것에 신경 쓰기보다는 하루하루 매 순간순간을 즐거운 마음으로 행복하게 살고자 하는 마음가짐이 중요합니다.

가장 소중한 것은 지금, 나 자신

시간은 다시 되돌릴 수 없다

하루하루 시간이 가는 것이 보입니다.

오늘이 가면
내일이 온다는 사실도 알고 있지만
하루를 금쪽같이 쓰고 있지는 않습니다.

돈 만 원 쓰는 것은 아까운 줄 알면서도
하루를 허비하는 것은 아까운 줄을 모릅니다.

돈이야 다시 벌면 되지만,
시간은 한 번 가고 나면
다시는 잡을 수가 없습니다.

성전의 『지금 여기에서 감사하라』 중에서

➡ 시간은 아껴 써야 합니다. 시간을 아껴 쓰는 사람은 남을 미워하거나 원망하지 않습니다. 미워하고 원망하는 것은 곧 시간 낭비이기 때문입니다. 시간을 아껴 쓰는 사람은 오직 사랑하고 나눌 뿐입니다. 그 속에서 시간은 영원이 되기 때문입니다. 기쁨으로 살기에 우리는 시간이 모자랍니다. 분노하고 절망하면서 살기에는 우리들의 생이 너무나 짧습니다. 따라서 오늘 하루 꽃처럼 화사하게 웃어 보는 겁니다. 그리고 미풍처럼 즐거운 말을 나누어 보는 것입니다. 그러면 당신은 시간을 진정 아껴 쓰는 삶을 사는 것입니다.

가장 소중한 것은 지금, 나 자신

먼저 자신의 능력을 믿어라

마음이 무너져 내린다고 생각하면
정말 무너져 내리고,
그렇지 않다고 생각하면
마음에는 평화가 찾아올 것이다.

이기고 싶지만
능력이 부족하다고 여겨진다면
이길 확률은 희박해진다.

인생의 전리품이
항상 강하고 민첩한 사람에게
돌아가는 것은 아니다.

자신의 능력을 의심하지 않는 사람이다.

리처드 데니의 『아름다운 열정』 중에서

힘들면 잠시 쉬어 가세요

➡ 당신의 가치를 전적으로 믿지 못하십니까? 그렇다면 지금부터라도 믿으십시오. 자신이 스스로 형편없는 존재라고 생각한다면 다른 사람들도 당신의 가치를 인정하지 않을 것입니다. 혼자 마음속으로 하는 말도 더 긍정적으로 바꿔 보십시오. 예컨대, "그래, 할 수 있어.", "나는 그럴 만한 능력이 충분히 있어."라고 말입니다. 또 이렇게 자문해 보십시오. "지금 내 기분이 어떻지?", "나의 자아상은?" 그러면 당신은 더 이상 감정에 휘둘리지 않게 될 것입니다.

가장 소중한 것은 지금, 나 자신

세 가지 후회하는 일

이 세상을 하직할 때
사람들이 가장 많이 후회하는 일은
다음 세 가지라고 합니다.

· 많이 웃을걸.
· 많이 베풀걸.
· 많이 사랑할걸.

그리고 청춘의 세월을
지내고 난 사람들이
옛날을 돌아보며 가장 후회하는 일도
세 가지라고 합니다.

· 사랑한다고 고백할걸.
· 더 많이 다닐걸.
· 더 낭만적으로 살걸.

➡ 우리 생은 결코 길지 않습니다. 그런데 우리는 이런저런 핑계를 대며 너무 많이 아끼며 살아가고 있는지도 모릅니다. 우리 다리를 아껴 가고 싶은 곳에 가지 않고, 우리 입을 아껴 좋아한다고, 미안하다고, 고맙다고 고백하지 않고, 우리 몸을 아껴 더 열심히 일하지 않고, 우리 마음을 아껴 사랑을 주저합니다. 그런데 죽은 후에는 그곳에 갈 수도 없고, 일할 수도 없고, 그 사람을 안을 수도 없습니다. 그에게 고백할 수도 없습니다. 그러니 지금 살아 있을 때 뜨겁게 일하고, 내가 살아 있는 지금, 가고 싶은 곳에 가고, 내가 살아 있는 지금, 사랑한다고 고백할 일입니다. 망설이면 이미 늦습니다.

인생을 사랑하는 법

1년의 소중함을 알고 싶다면
기말시험에 낙제한 학생에게 물어보라.

한 달의 소중함을 알고 싶다면
미숙아를 낳은 산모에게 물어보라.

하루의 소중함을 알고 싶다면
자식이 열 명 딸린 날품팔이에게 물어보라.

한 시간의 소중함을 알고 싶다면
결혼식을 기다리는 신랑, 신부에게 물어보라.

일 분의 소중함을 알고 싶다면
기차 시간을 놓친 승객에게 물어보라.

일 초의 소중함을 알고 싶다면
사고에서 구사일생으로 살아난 사람에게 물어보라.

힘들면 잠시 쉬어 가세요

0.001초의 소중함을 알고 싶다면
올림픽 경기에서 은메달을 딴 선수에게 물어보라.

– 작자 미상 –

➡ 인생을 사랑하는 방법은 시간을 낭비하지 않는 것입니다. 하루의 시간이 모여 한 달이 되고, 한 달이 모여 일 년, 일 년이 모여 한 사람의 일생이 되기 때문입니다. 따라서 '시간을 낭비하는 것은 곧 인생을 낭비하는 것'입니다. 이미 지나간 구름을 잡으러 발을 구르지 마십시오. 지금 당신과 함께 호흡하고 있는 이 순간만큼 소중한 것은 없습니다. 이런 까닭에 하고자 하는 계획이 있다면 오늘, 이 시간, 이 순간에 실천하십시오. 내일이 어떻게 될지 아무도 알 수 없기 때문입니다.

가장 소중한 것은 지금, 나 자신

| 02 |

둘
째 마
당

성공적인 삶을 위해
희망하며 도전하며

자신의 길을 과감하게 가라

자신의 길을 걸어가라.

남을 앞지르려 하지 말며,
남에게 뒤쳐지는 것을
두려워하지 마라.

최선을 다해 실행하여,
자신의 마음에 부끄러움이 없으면 된다.

스스로의 결정에 믿음을 가지고
과감하게 밀고 나가라.

그러나
자신을 돋보이려고
신념도 없는 주장을 내세우지 마라.

힘들면 잠시 쉬어 가세요

확신을 가지고 과감하게
자신의 의지대로 나아가는 사람은
평범하더라도 결코 속되지 않다.
즉, 그는 이미 남들과 다른
특별한 존재인 셈이다.

노학자의 『적을 내 편으로 만들어라』 중에서

➡ 넓은 길에는 행인이 많고, 좁은 길에는 인적이 드물 듯, 사람의 인생 길 역시 각양각색입니다. 그러나 그 수많은 인생 길 중 어떤 길을 선택하고, 어떤 사람이 되던, 과감하게 자신의 길을 걸어갈 수 있는 사람이 되어야 합니다. 자기 주관을 버리고 이전의 관례를 답습하거나, 인생의 꿈을 포기하고 목표를 바꾸면서까지 남과 같아지려고 시간을 낭비하지는 마십시오. 스스로 옳다고 생각한 일들은 실제로도 올바른 경우가 대부분이기 때문에 스스로 선택한 길을 묵묵히 가면 됩니다.

성공적인 삶을 위해 희망하며 도전하며

마침표를 찍지 말자

마침표는 인생의 끝이요,
죽음이다.

따라서 세상이 무너지는 시련이 닥쳐와도
마침표만은 찍지 말아야 하고,
그래도 견딜 수 없거든
마침표 대신 쉼표를 찍어야 한다.

대상(大賞)은
언제나 마지막에 발표되듯이
'인생의 꽃'은
가장 오래 견딘 자에게 핀다.

송천호의 『인생에는 마침표가 없다』 중에서

힘들면 잠시 쉬어 가세요

➡ 쉼표는 있으되, 마침표를 찍어서는 안 되는 것이 우리 인생입니다. 따라서 만약 살다 인생의 끝이 보이면, 마침표를 찍기에 앞서 쉼표를 찍어 극복해야 합니다. 마침표를 찍으면 인생은 그냥 그대로 끝나고 맙니다. 그러나 쉼표는 새로운 준비를 위한 출발점이 됩니다. 마침표를 찍지 않으면 아직 희망이 남아 있는 것이지만, 마침표를 찍으면 희망은 도망가 버린다는 사실을 명심해야 합니다. 그리고 최고의 스타는 항상 가장 마지막에 박수갈채를 받는다는 것도 기억해야 합니다.

성공적인 삶을 위해 희망하며 도전하며

자신의 실력을 안다는 것은

자신의 실력을 안다는 것은,
오를 수 없는 산이라면
정상에 오르는 것을 포기하고
산을 내려올 때를 안다는 것이다.

그리고 다시 자신에게 알맞은 산을
선택해 오르는 것이다.

이런 결단을 할 수 있느냐,
없느냐의 여부에 따라
인생 방향은 꽤 많이 달라진다.

사이또 시게따의 『읽기만 해도 기분이 좋아지는 책』 중에서

힘들면 잠시 쉬어 가세요

➡ 우리는 어쩌면 지금, 너무도 높은, 허황된 목표를 세워 놓고 오르려고 발버둥치고 있는지도 모를 일입니다. 그래서 스트레스 받고, 늘 우울하고, 늘 짜증을 내고 있는지도 모릅니다. 따라서 다시 한 번 자신의 목표를 점검해 보면 어떨까요? 허황된 목표는 아닌지, 내 능력보다 너무 힘에 부치는 것은 아닌지 말입니다. 만약 조금이라도 그렇다면 목표를 낮추는 것이 현명한 일일 것입니다. 아무리 높은 산도 한 걸음 한 걸음 오르다 보면 결국 정상에 다다를 수 있으니 말입니다.

결단할 때는 과감히 하라

인생의 크나큰 불행도
수없는 실패도,

주어진 기회를 잡지 못하는 일도
그리고 욕구 불만의 축적도,

일을 척척 처리하지 못하고
질질 끄는 일도,
끝없는 절망감도,
이것저것 모두는
'결단'을 내팽개치고 있기 때문이다.

시어도어 루빈의 『인생은 결단이다』 중에서

힘들면 잠시 쉬어 가세요

➡ '참된 결단'이란 하나의 선택, 또는 많은 선택에 대해 자유로이, 절대적으로, 그리고 전면적으로 자기 자신을 거는 것을 말합니다. 그러나 우리는 결단이 필요할 때 과감해야 함에도 지나치게 신중하거나 주저하기 때문에 절호의 기회를 놓치거나, 실패의 쓴 잔을 본의 아니게 들이키게 됩니다. 이런 까닭에 기회가 보일 때 과감한 결단이야말로 인생의 성공 비결이란 사실을 명심하십시오. 따라서 어떤 결단을 할 때는 용기를 내서 감행하고, 그리고 조용히 결과를 기다리면 될 것입니다.

성공적인 삶을 위해 희망하며 도전하며

멀리 보고 크게 생각하라

과거 시험을 준비하는 선비는 글을 읽고
농부는 가을을 기다리며 씨를 뿌린다.

모든 일은 준비하는 때와
거두는 때가 다르다.
또한 사람마다 일의 스케일이 다르다.

좁다란 우물 속에서 바라보는 하늘은
좁고 작지만,

에베레스트 산정에서 바라보는 천하는
영웅의 가슴을 설레게 한다.

이상각의 『인간관계를 열어 주는 108가지 따뜻한 이야기』 중에서

힘들면 잠시 쉬어 가세요

➡ '준비하라, 예비하라, 인내하라, 도전하라…….' 이 말들은 모두 '멀리 보고 크게 생각하는 사람들'을 위한 것입니다. 세상은 넓고, 할 일은 무궁무진하게 많기 때문입니다. 따라서 한 번뿐인 인생을 우물 안 개구리처럼 사는 것은 바람직한 삶이 결코 아닙니다. 늘 새로운 것을 추구하고, 더 넓은 세상으로 나가고자 하는 기개와 용기가 필요한 세상입니다. 멀리 보십시오, 크게 생각하십시오.

아픔이 있을지라도

사람은 누구나 아픔이 있다.

그 아픔을
어떻게 이겨 내느냐에 따라
우리의 삶은 힘들 수도 있고
아름다울 수도 있다.

빛은 어둠 속에서 더 찾기 쉽다.

이철환의 『연탄길』 중에서

힘들면 잠시 쉬어 가세요

➡ 삶은 때로는 흉악한 괴물을 앞세워 우리에게로 다가옵니다. 흉기를 든 괴물 앞에서 우리는 맨주먹이지만, 아직 싸움이 끝난 것은 아닙니다. 희망을 가진 자 앞에서 인생은 마술을 보여 주기 때문입니다. 고통은 기린의 목처럼 길지만, 그만큼의 높이에 희망이 매달려 있습니다. 다시 일어나야 합니다. 아픔을 이겨 내야 합니다. 아픔이 있다는 것은 아직도 꿈이 남아 있다는 확실한 증거이기도 하기 때문입니다.

성공적인 삶을 위해 희망하며 도전하며

프로에게 매너리즘은 없다

꿈을 높게 가지세요.
무료하지 않을 것입니다.

우리들이 갖고 있는 천연자원 중에서
최대의 낭비는
자신의 무한한 가능성을
개발하지 않는 무수한 사람들입니다.

지금 당장 저속 차선에서 나와
고속 차선을 달려 보십시오.

당신이 할 수 없다고 생각하면
당신은 할 수 없습니다.
그러나 당신이 할 수 있다고 생각하면
당신은 할 수 있는 기회를 쉽게 포착할 수 있겠지요.

힘들면 잠시 쉬어 가세요

해 보려고 노력하는 것만으로도
당신은 새로운 인간이 된 기분이 들 것입니다.

쇼오코 미리하키의 『정상을 원하면 습관을 정복하라』 중에서

➡ 매너리즘에 빠지게 되면 자신도 모르는 사이에 무사안일에 젖어 자신의 처음 꿈과는 전혀 다른 인생을 살게 됩니다. 결국 생을 포기한 채, 되는 대로 살아갑니다. 그러나 인생은 유한하고 한 번뿐입니다. 인간이 나날이 새롭게, 그리고 새로운 각오로 살아야 하는 이유가 바로 여기에 있습니다. 따라서 매너리즘에 빠지지 않도록 늘 자신을 돌아보고, 스스로 채찍질하는 용기와 지혜를 가져야 합니다. 멋진 삶을 원한다면…….

성공적인 삶을 위해 희망하며 도전하며

이상을 실현하려면

이상을 실현하려면
최선의 노력이
반드시 뒷받침되어야 한다.

아무리 간절한 바람을 품더라도
가만히 있으면 꿈은
결코 실현되지 않는다.

꿈이란 씨앗을 뿌린 후에는
거름을 주고,
김을 매고,
물을 주어야
가을에 풍성한 수확을 할 수 있다.

우리 주변에는
꿈이란 씨앗을 뿌린 후
잡초가 가득한 밭에서

힘들면 잠시 쉬어 가세요

곡식을 찾아 두리번거리는 사람이 많다.

O.S 마든의 『생각, 그 위대한 힘』 중에서

➡ 실패의 가장 큰 원인은 목표를 실현하기 위해서 최선을
다할 마음을 갖지 않는다는 것입니다. 그런데 이상, 꿈을 갖
는다는 것은 작은 씨앗을 심는 것과 같습니다. 그러나 씨앗
을 뿌리기만 하고 그대로 둔다면, 나중에 아무것도 거둘 수
없습니다. 이런 까닭에 뿌린 씨앗을 끊임없이 보살피고 가
꾸어야만 꿈을 실현할 수 있습니다. 즉, 줄기찬 노력이 수반
되어야만 꿈을 현실화할 수 있습니다. 공짜로 얻을 수 있는
것은 아무 것도 없습니다.

성공적인 삶을 위해 희망하며 도전하며

넓고 큰 도량을 가져라

세상을 살아가면서
너무 결백해서는 안 된다.

더러움이나 오욕마저도
모두 가슴속에 묻어 둘 만큼의
도량을 가져야 한다.

인간관계에서도 좋고 싫다는 것을
너무 밖으로 내보이면 안 된다.

어떤 유형의 상대도 받아들일 만큼의
큰 포용력을 가져야 한다.

모리야 히로시의 『성공하는 리더를 위한 중국 고전 12편』 중에서

힘들면 잠시 쉬어 가세요

➡ 더러운 흙에서는 작물이 자라지만, 너무 맑은 물에는 물고기가 머물지 않습니다. 진흙 속에서도 고귀하고 아름답게 피는 '연꽃'이 그 좋은 예입니다. 따라서 더러운 것도 때때로 받아들일 수 있는 도량을 가져야만 진정한 큰 그릇의 사람이라 할 수 있습니다. 좋고 싫음에 대한 표정 관리는 물론, 독선적인 결백을 피하는 것도 삶의 지혜입니다. 그렇다고 불의와 타협하라는 말은 아닙니다. 아닌 것은 아닌 것이니까요.

삶에는 파도가 필요하다

산에 오르는 고통을 모른다면,
정상에 섰을 때의
기쁨과 환희를 맛볼 수 없는 것처럼,

고통을 회피만 하는 사람은
인생에서 참 즐거움을 얻을 수 없다.

고통과 시련을 받아들이고
인내하는 사람이 강해지고
자신이 바라는 삶을 살 수 있다.

큰 고통 뒤에
더 큰 자유와 기회가 오는 법이다.

김정일의 『나이로부터 편안해지는 법』 중에서

➡ 우리가 살아가는 동안 아무런 변화도 일어나지 않는다면 얼마나 지루하고 무료할까요? 큰 도전은 늘 막막하고 어렵지만, 그만큼 더 큰 결과를 얻을 수 있습니다. 성공은 일이 잘 풀릴 때 오는 것이 아니라, 위기 때 찾아오는 것입니다. 이런 까닭에 삶에 고통이 밀려오더라도, 실패했더라도, 이를 이기고 다시 도전해야 더 멋진 세상을 만날 수 있습니다. 따라서 윤택한 삶을 위해 적절한 파도는 반드시 필요합니다.

성공적인 삶을 위해 희망하며 도전하며

성공의 두 가지 비결

만약 성공의 비결이 있다면
두 가지뿐이다.

첫째는 쉽게 포기하지 않고
끈기를 갖는 것이며,

둘째는 당신이 포기하고 싶을 때
다시 한 번 고개를 돌려
첫 번째 비결에 따라 실행하는 것이다.

즉, 쉽게 포기하지 말고 끈기를 갖는 것이다.

박금실의 『습관의 정원은 인맥의 놀이터』 중에서

힘들면 잠시 쉬어 가세요

➡ 성공으로 통하는 길은 구불구불하고 끈질긴 정신과 오래 지속할 수 있는 인내심, 그리고 끊임없이 분투하는 인내력입니다. 만약 당신에게 성공의 날을 기다릴 만큼 충분한 인내심이 없다면, 대신 실패에 맞설 준비를 해야 할 것입니다. 성공과 실패는 동전의 양면과 같아서 늘 함께 있기 때문입니다. 따라서 성공하고 싶다면 한 번만 더 도약하면 됩니다. 그런데 사람들은 성공의 문 앞에서 "나는 안 돼" 하면서 도약을 포기하고 맙니다.

열정이 없음 늙어 간다

나이를 먹는다고 해서
늙는 것이 아니다.
이상을 잃어버렸을 때
우리는 비로소 늙는다.

세월은
우리의 주름살을 늘게 하지만,
열정을 가진 마음을
시들게 하지는 못한다.

고뇌, 공포, 실망 때문에
기력이 땅으로 들어갈 때
비로소 마음이 시들게 되는 것이다.

60세든, 16세든
모든 사람의 가슴속에는
놀라움에 끌리는 능력,

힘들면 잠시 쉬어 가세요

젖먹이 아이와 같은
미지에 대한 끝없는 탐구심,
삶에서 환희를 얻고자 하는
열망이 있는 법이다.

사무엘 울만의 『청춘』 중에서

➡ 신체 나이는 피부에 주름살을 만들지만, 열정이 식거나, 희망과 이상을 잃어버리면 정신에 주름을 만든다고 했습니다. 파브르는 56세 때 곤충기를 쓰기 시작해 20년 후 대작을 완성하고 90세에 세상을 떠났습니다. 60세에 그림을 시작해 70세에 세계적인 화가가 된 분도 있습니다. 이런 까닭에 끊임없는 호기심과 열정을 잃지 않는다면 나이에 상관없이 다시금 새로운 뭔가를 충분히 이룰 수 있습니다. 그래서 '나이는 숫자에 불과하다.'는 말은 결코 틀린 말이 아닙니다.

성공적인 삶을 위해 희망하며 도전하며

실패를 두려워하지 마라

무엇을 두려워하는가?
용기 있게 시도하다가 실패하는 모습은
해야 할 일을 영원히 미루는 것보다
훨씬 더 보기 좋다.

실패할까 봐 두려운가?
실패하면 창피할 것 같은가?
무엇이 마음속의 의심을 증가시키고
앞으로 나가지 못하게 방해하는가?

왜 진로를 방해하는 커다란 짐을
당신 어깨에 혼자 짊어지고 있는가?

O.S 마든의 『하고 싶은 일을 하라』 중에서

➡ 삶 속에서 성공에 대한 의심이야말로 가장 커다란 적이
자, 장애물입니다. 따라서 우리 정신의 집에서 의심을 쫓아
내십시오. 임무를 수행할 수 있다는, 반드시 성공한다는 강
한 자신감으로 의심을 없애 버리십시오. 의심은 활동을 죽
이고, 야망의 용기를 꺾고, 훌륭한 지력을 말살시키는 원흉
입이기 때문입니다. 따라서 의심을 버리고 모든 것을 믿을
때 원하는 바를 이룰 수 있습니다.

성공적인 삶을 위해 희망하며 도전하며

늘 자신을 살피고 반성하라

지피지기면 백전불패라.

우리는 인생을 살면서
항상 객관적으로 자신을 살피고 반성하며,
더욱 완벽해지고자 노력해야 한다.

아울러 낙관적이고 자신감이 충만하며
평화로운 태도와 예민한 안목으로
주변의 사람들과 사물을 관찰해야 한다.

그렇게만 할 수 있다면
어떤 일에서는 성공할 수 있을 것이다.

노학자의 『세 치 혀로 천하를 훔쳐라』 중에서

힘들면 잠시 쉬어 가세요

➡ 성공하고자 한다면 먼저 자신에게 유리하고 불리한 조건들을 구별하고 대세의 조건들을 파악한 후, 그것을 능숙하게 이용할 수 있어야 합니다. 그렇지 않으면 아무리 대책이 많아도 성공할 수 없습니다. 그러나 더 중요한 것은 하늘의 뜻에 순응하며 천천히 전진하는 것입니다. 이것이 바로 성공에 이르는 지혜입니다. 따라서 자신의 일에서 성공하고 싶다면, 객관적인 규칙에 따라 일을 처리하고, 한발 한발 성실하게 나아가야 한다는 것을 기억하십시오.

성공적인 삶을 위해 희망하며 도전하며

'언젠가'란 막연함에 기대지 마라

"언젠가는 나도 부자가 될 것이다.
언젠가는 건강해질 것이다."

당신이 언젠가는 부자가 되고,
건강해질 것이라고 하는 한,
자신의 욕망에 대한 해답을
절대 따라잡지 못할 것이다.

해답을 미래 속에 간직하고 있기 때문에
그것은 항상 미래 속에 있을 뿐이다.

단 카스터의 『기적을 만드는 마인드 파워』 중에서

힘들면 잠시 쉬어 가세요

➡ 꿈이 있고 소망이 있다면, 구체적으로 계획을 세우고 막연한 의심을 버리고 그것을 달성하기 위해 온갖 정성과 노력을 다해야 합니다. 특히 두려워하거나 의심해서는 안 됩니다. 그러나 막연히 어떤 미래 속에 꿈이나 소망을 가두어 둔 채, 시간만 보낸다면 아무것도 이룰 수 없습니다. 그것은 그저 마음속에만 있는 미래의 막연한 꿈이거나 망상에 지나지 않기 때문입니다. 따라서 꿈과 소망이 있다면, '지금 다 이루었다'라고 말하고, 확신하고 늘 확인해야 이룰 수 있습니다.

성공적인 삶을 위해 희망하며 도전하며

모험을 감행하라

오늘을 더 재미있게,
더 신기하게,
더 많은 탐구를 하며 살기로 결심하라.

자신이 아는 사람들을
재발견할 시간을 가져라.

몽유병 환자처럼 삶을 살고 있다면,
잠에서 깨어나 도전할 만한
새로운 일을 찾아보라.

금기는 적게,
모험은 많이,
순간을 중요하게 만들어라.

케빈 프레이버그의 『평범함을 뛰어넘기』 중에서

힘들면 잠시 쉬어 가세요

➡ 평범한 수준 이상을 사는 사람들은 대개가 모험적이고 낙천적인 기질을 갖고 있습니다. 그들은 매일 아침을 설렘 속에서 맞이하고, 다양한 이벤트를 시도하며, 축제를 즐기듯 하루하루를 보냅니다. 그들은 매일의 삶 속에서 새로운 것을 추구함으로써 행복을 찾고 또 누리며 살아갑니다. 결국 인생은 모험인 까닭에 모험 자체를 두려워하고 변화 없는 삶 속에 스스로 안주해 버리는 것은 어리석은 일입니다. 모험을 즐기십시오. 그 속에서 더 큰 행복을 찾을 수 있습니다.

인생은 계속적인 실험이다

누구도 자기 인생을 다 살아 보고
두 번 사는 사람은 하나도 없습니다.

인생은 오직 한 번밖에 없습니다.
한 번 지나간 시간은
다시 돌이킬 수 없습니다.

인생은 단 한 번에 이루어진 탑이 아니라,
수없이 많은 블록을 이용해
점차 멋지게 쌓아 가는 것입니다.

인생은 수많은 과정을 통해
하나의 그림을 완성해 가는 것입니다.
그리고 때가 되면 사라지는 것입니다.

이대희의 『그래도 '희망'입니다』 중에서

힘들면 잠시 쉬어 가세요

➡ 인생은 매 순간 모두가 실험입니다. 그러므로 인생을 살 때는 언제나 적극성을 가지고 일곱 번 넘어져도 또다시 시작하는 끈기와 용기가 필요합니다. 특히 완성되지 않은 상황에서 이상한 그림이 되었다고 속단해서는 안 됩니다. 이렇게도 해 보고, 저렇게도 해 보면서 주어진 시간 안에 그림을 완성해 나가면 되기 때문입니다. 한 번의 실패는 다른 방법을 낳습니다. 또 한 번의 실패는 또 다른 방법을 낳습니다. 그러는 가운데 우리는 쓰러지지 않는 인생의 탑을 높이 더 높이 쌓을 수 있습니다.

성공적인 삶을 위해 희망하며 도전하며

위험에 처했을 때

위험에 부닥쳤을 때
절대로 도망가지 마라.
그러면
오히려 위험이 배로 늘어나게 된다.

그러나
결연하게 맞선다면
위험은 반으로 줄어든다.

어떤 일에 부닥치거든
절대 도망쳐서는 안 된다.

윈스턴 처칠의 『어록』 중에서

힘들면 잠시 쉬어 가세요

➡ 인생을 사는 과정에서 생각지 않은 어려움이나 위험한 일이 닥칠 때가 있습니다. 그때마다 우리는 닥친 상황에 겁을 먹고 도망치기 쉽습니다. 그러나 잘 분별해야 합니다. 우리가 무서워하고 걱정하는 것은 우리 마음 때문이지, 닥친 상황이 아닙니다. 많은 이들이 이것에 속고 삽니다. 따라서 언제나 정확히 판단해야 합니다. 닥친 상황이 어렵다 보면 자칫 자살을 하거나 방탕에 빠지기 쉬운데, 그것은 자신이 상황에 속은 것입니다. 다시 도전해야 합니다. '길'은 도전 속에 반드시 있는 법입니다.

성공적인 삶을 위해 희망하며 도전하며

지금부터 5년 후 계획을 짜라

탁월한 인생.
정말 멋지고 좋은 인생을 살겠다는
굳은 의지를 기반으로
지금부터 5년 후 계획을 짜라.

5년 후에는 나쁘지 않은 인생이 아니라,
정말 좋은 인생을 살고 있는 모습을
언제 어디서나 뚜렷하게 그려라.

5년 후,
당신의 인생은 180도 바뀔 것이다.

하우석의 『내 인생 5년 후』 중에서

힘들면 잠시 쉬어 가세요

➡ 5년이란 시간은 비록 시행착오를 한두 번 겪더라도 꾸준한 발전을 통해 소기의 성과를 달성할 수 있는 기간입니다. 즉, 스스로 계획을 세우고, 실행하고, 성과를 얻기까지의 하나의 단위로서 가장 적합한 기간입니다. 대부분의 나라에서 대통령 임기를 비롯해 주요 행정 요직 임기를 5년으로 정한 이유도 같습니다. 따라서 뭔가 끌리는 일이 있다면, 열정을 가지고 지금 당장 시작하세요. 그러면 5년 후, 또 다른 모습의 멋진 나를 보게 될 것입니다. 뭔가를 하는 데 더할 나위 없이 좋은 시기나 나이는 따로 없는 까닭입니다.

성공적인 삶을 위해 희망하며 도전하며

나이 때문에 늙지는 않는다

청춘은
인생의 한 시기가 아니고
마음의 상태다.

그것은 장밋빛 볼, 붉은 입술,
유연한 무릎의 전유물이 아니다.

그것은 의지, 상상력, 활력 있는
정서의 전유물이다.

사람은 나이 때문에 늙지 않는다.
이상을 버림으로써 늙는다.

울만의 시 『청춘』 중에서

힘들면 잠시 쉬어 가세요

➡ 친구의 늙어 가는 모습에 자신을 한번 비추어 보십시오. 몸도 늙으면 마음도 따라 늙은 사람이 있는가 하면, 몸은 늙어도 마음은 청년인 사람이 있습니다. 전자는 자기가 다시 젊어질 수 없다는 사실에 매몰돼 지레 새로움을 포기하는 반면, 후자는 나이는 한낱 숫자에 불과하다고 여기며 새로운 것에 도전하기 때문입니다. 당신은 어느 쪽에 속할 생각인가요? 모든 것은 마음먹기에 달려 있습니다.

성공적인 삶을 위해 희망하며 도전하며

희망과 절망의 차이

희망과 절망이 있습니다.

성공한 사람은
시련이라는 구름 위에 있는
희망이란 태양을 보지만,

실패하는 사람은
구름 속의 차디찬 절망의 비만 봅니다.

낙관과 비관이 있습니다.
낙관은 넓은 문이고
비관은 좁은 문입니다.

낙관적인 사람은
항상 희망을 생각하지만
비관적인 사람은
늘 절망의 구렁텅이에서 헤맵니다.

힘들면 잠시 쉬어 가세요

➡ 희망과 절망은 동전의 양면과 같습니다. 우리의 삶 자체가 늘 '호사다마(好事多魔)'와 '새옹지마(塞翁之馬)'를 반복하지만, 끝까지 나락으로 떨어지는 인생은 없기 때문입니다. 이런 까닭에 마음먹기에 따라 절망과 비관을 얼마든지 희망과 낙관으로 바꿀 수 있습니다. 낙관과 희망은 승리를 이끌어 내지만, 비관과 절망은 패배를 자초할 따름입니다. 따라서 매사를 늘 밝고 긍정적으로 생각해 보십시오.

할 수 있을 때까지 하라

누가 무어라든 상관하지 마라.
결심한 대로 걸어가라.

비난에 귀를 기울이지 마라.
안 해도 비난은 따른다.

실패를 두려워하지 마라.
한 번도 실패하지 않은 사람은
아무것도 하지 않은 사람이다.

실패는 수없이 많지만
성공은 한 번만 하면 된다.
한 번의 성공으로 수많은 실패가
보상받고도 남는 것이다.

힘들면 잠시 쉬어 가세요

육상 경기에서 항상 빠른 선수가
우승하는 것은 아니다.
끝까지 달리는 선수가 승리한다.

이길 때까지 하라.
성공할 때까지 계속하라.

정영진의 『사람이 모이는 리더, 사람이 떠나는 리더』 중에서

➡ 우리가 살고 있는 이 시대는 정체성의 상실로 혼돈의 시대가 되어 가고 있습니다. 그러나 천년만년 세월이 흘러도 변치 않는 것은 성공할 수 있다는, 이길 수 있다는 믿음을 가지고 원칙과 기준의 깃발을 붙들고 가는 사람이 있다는 사실입니다. 외롭고 힘들지만 세상과 타협하지 않고 오늘도 내일도 모레도 묵묵히 걸어가는 사람이 있다는 사실입니다. 결국 끈기와 인내가 성공을 가져다줍니다. 그 주인공이 되십시오.

성공적인 삶을 위해 희망하며 도전하며

03

셋
째
마
당

유의미한 삶,
그 속에서 느끼는 행복

돈이 많다고 행복한 것은 아니다

돈이 많다고 해서
행복을 보장해 주는 것은 아니다.

우리가 부자가 될 수도 있고
가난한 사람이 될 수 있는 것은,

우리가 얼마나 많은 재산을
갖고 있는가가 아니라,

어떤 사람인가에 의해서
결정되는 문제이기 때문이다.

오리슨 스웨트 마든의 『부를 노래하라』 중에서

힘들면 잠시 쉬어 가세요

➡ 프랜시스 베이컨은 "돈은 훌륭한 하인이기도 하지만, 나쁜 주인이기도 하다."라고 지적했습니다. 한평생 삶이 오직 돈이 목적이 되고 존재 이유가 된다면, 그 사람은 결국 돈의 노예가 되어 불행해질 것입니다. 따라서 돈은 삶을 영위하는 최소한의 도구여야 합니다. 인간의 행복은 돈에 의해 좌우되는 것이 결코 아니며, 죽을 때 한 푼도 가져 갈 수 없는 까닭입니다. 따라서 내면이 튼실한 자신을 가꾸십시오.

남을 돕는 일은 쉽다

마음을 조금 열면
남을 돕는 일은 쉬운 일이다.

천사원이나 양로원을 찾아가는 것만이
남을 돕는 일이 아니다.

주위에서 볼 수 있는
노인이나 장애인을 돕는 것도
훌륭한 봉사라 생각한다.

전태자의 『마음의 신비』 중에서

힘들면 잠시 쉬어 가세요

➡ 하루 중 남을 돕기 위해 할애하는 시간은 단 2분뿐이란 통계를 본 적이 있습니다. 사실 우리 주위에는 도움을 필요로 하는 사람들이 생각보다 많습니다. 그럼에도 불구하고 남을 돕는 데 조금은 인색하지 않나 싶습니다. 그러나 물질적인 도움도 좋지만, 따뜻한 말 한마디로도 충분히 남을 도울 수 있습니다. 따라서 마음의 문을 열고 작은 일이든 큰일이든 남을 돕는 일에 나선다면, 사회는 물론 나 자신의 삶도 더 밝아질 것입니다.

유의미한 삶, 그 속에서 느끼는 행복

좋은 습관을 가져라

습관은 우리를 성공하게 하거나
실패하게 만든다.

좋은 습관은 익히기 어렵지만
그것을 익히면 세상을 살기가 쉬워진다.

나쁜 습관은 얻기 쉽지만
평생 그 습관을 지닌 채 살아가기란 매우 힘들다.

보통 좋은 것들이 그런 것처럼
훌륭한 습관은
결국 우리 자신이 선택하는 것이다.

지그 지글러의 『정상에서 만납시다』 중에서

힘들면 잠시 쉬어 가세요

➡ 우리가 습관을 익히면 습관은 우리를 만듭니다. 평소에 하나씩 쌓아 가는 습관이 성격을 만든다는 것은 전적으로 사실입니다. 따라서 좋은 습관은 자연스럽게 나와야 하며, 성공과 행복은 바로 이런 것들로부터 이루어집니다. 그러나 나쁜 습관은 아주 쉽게 시작되지만, 당신이 눈치 채기도 전에 당신의 것이 되어 버립니다. 습관이 당신을 지배하게 되면 참담해집니다. 그러나 우리가 분명히 한 가지 알고 있는 사실이 있습니다. 나쁜 습관은 잘못된 학습에서 비롯되지만, 그것을 배울 수 있는 것이라면 고칠 수도 있다는 사실입니다.

유의미한 삶, 그 속에서 느끼는 행복

진정한 행복을 맛보려면

욕망은 끝이 없다.
충분히 먹을 수 있게 되면
좀 더 맛있는 것을 찾게 된다.

단 것을 많이 먹다 보면
단맛에 불감증이 되어
달지 않으면 만족하지 못하게 된다.

그러나 단 것을 아껴 가면서 먹으면
늘 그 맛을 즐길 수 있다.

인생도 마찬가지다.
'저것도 하고 싶어.
이것도 하고 싶어.
좀 더 좀 더…….' 하면서
100% 행복을 추구해도
행복해지지 않는다.

80%로 만족하자.

나머지 20%는 둔감하자.

이것이

진정한 행복을 맛볼 수 있는 요령이다.

사이토 시게타의 『느낌 좋은 사람들의 99가지 공통점』 중에서

➡ 인간의 모든 불행은 지나친 '욕망'과 '탐욕'에서 비롯됩니다. 자신의 분수를 모른 채, 지나친 욕심을 부리다 패가망신한 경우를 자주 봅니다. 인간의 욕망과 탐욕은 무엇으로도 채울 수 없는, 끝이 없기 때문입니다. 그러나 모든 것이 그렇듯 100% 만족한 삶이란 없습니다. 따라서 욕망이 지나치게 넘치지 않도록 적당한 선에서 자제하고, 행복을 추구하는 것이 피곤한 삶을 살지 않는 확실한 방법이자, 지름길입니다.

유의미한 삶, 그 속에서 느끼는 행복

사람이 사람인 까닭

사람이 왜 사람이어야 하는가?
사람은 유한한 존재이며,
미래를 알 수 없는 존재다.

그야말로 교과서처럼
한 인간 존재의 운명이 정해져 있다면
누군가가 그 비밀을 알기만 한다면
인간은 그때부터 아무런 긴장 관계도
아무런 재미도 없이 살아갈 것이다.

도저히 알 수 없는 미래,
죽음 후에 일을 전혀 알 수 없기 때문에
인간은 그 짜릿한 재미를 만끽하는 것이다.

생텍쥐페리의 『특별한 내 인생의 아름다운 반항』 중에서

힘들면 잠시 쉬어 가세요

➡ 인간은 전혀 미래를 모르기 때문에 살면서 예기치 않은 상황과 많은 장애들을 만납니다. 그리고 그 속에서 인간은 참 삶의 의미를 스스로 발견해 내는 것입니다. 이런 까닭에 아무런 시련, 아무런 고통, 아무런 슬픔이 없다면 인간은 자신의 내면을 들여다볼 필요가 전혀 없을 것입니다. 이런 까닭에 고민 없는 인간, 고통 없는 인간은 동물의 상태를 벗어날 수 없는 것입니다.

유의미한 삶, 그 속에서 느끼는 행복

따뜻한 말 한마디가 그리운 세상

우리는 남을 비판하기는 쉬워도
칭찬해 주고 격려해 주기는
어려운 시대에 살고 있다.

다른 사람에 대한
무책임한 비난이나 비판은
비수처럼 상대방의 가슴에
큰 상처를 남긴다.

한마디를 하더라도 책임 있게,
그리고 가능하면 따뜻한 사랑을 담아
전달할 줄 아는 사람이 그리운 요즘이다.

데이비드 J. 리버만의 『나에게 분명 문제가 있다』 중에서

힘들면 잠시 쉬어 가세요

➡ "위인들은 사상을 논하고, 보통 사람들은 사물을 논하고, 소인배들은 다른 사람에 대한 이야기를 한다."라는 말이 있습니다. 따라서 다른 사람을 중상모략하고 비난함으로써 자기 자신이 더 돋보이거나 상대방보다 더 낫다고 생각하고 행동하는 것은 소인배들이 하는 짓입니다. 따라서 소인배가 되고 싶지 않다면 타인에 대한 부정적인 관심을 긍정적인 방향으로 바꾸어야 합니다. 특히 어떤 소문으로 인해 당사자가 당할 고통을 한 번이라도 떠올려 본다면, 남을 함부로 비판하거나 평가하는 일은 절대 해서는 안 될 일입니다.

유의미한 삶, 그 속에서 느끼는 행복

고결한 삶을 살라

인간들은 자신이
얼마나 고결하게 살 수 있느냐에
관심을 두지 않고,

얼마나 오래 살 수 있느냐 하는
문제만 애써 생각한다.

고결한 삶은
자신의 능력으로 이룰 수 있지만,

오래 사는 것은 사람의 능력으로
결정될 수 없는 문제임에도 불구하고…….

세네카의 『세계의 명언』 중에서

힘들면 잠시 쉬어 가세요

➡️ 단 한번 주어진 인생을 어떻게 살 것인가 하는 것은 순전히 자신의 선택에 달려 있습니다. 고결한 삶을 사는 것도, 그렇지 못하는 것도 모두……. 그런데 사람들은 웰빙(well-being) 바람과 함께 좀 더 오래 사는 것에만 초점을 맞추고 있습니다. 그러나 구질구질한 삶을 남보다 조금 오래 산들, 그게 무슨 의미가 있을까요? 이런 까닭에 하루를 살더라도 고결한 삶으로 살고자 노력하는 것이 바로 참 의미의 삶이 될 것입니다.

유의미한 삶, 그 속에서 느끼는 행복

스스로 아름다워져라

'심산유곡에 핀 꽃이
아무리 아름다운들
누가 보아 주겠는가' 하고
한탄하는 사람이 있습니다.

그러나 아름다움은
그 자체로 빛나는 것입니다.

아름답다는 말을 들어야
아름다워지는 것이 아닙니다.

남을 의식한 아름다움은
진정한 아름다움이 아닙니다.

이재운의 『토정비결』 중에서

힘들면 잠시 쉬어 가세요

➡ 진정한 아름다움은 내면에 있는 것이지, 외면에 있는 것이 결코 아닙니다. 명품 브랜드로 아무리 겉을 치장한들 속이 비어 있다면, 자기도 모르게 소리가 날 뿐만 아니라 타인들로부터도 비웃음만 살 뿐입니다. 이런 까닭에 스스로 자신의 내면의 아름다움을 가꾸도록 노력해야 합니다. 그러다 보면 그것이 자신도 모르게 외부로 투영돼, 타인들로부터 칭송과 함께 존경을 받게 될 것입니다.

유의미한 삶, 그 속에서 느끼는 행복

진정 행복했던 시간은

80년 동안 산
스위스의 한 노인이
자신의 삶의 내용을 따져 본 결과,
잠자는 데 26년,
일하는 데 21년,
먹는 데 6년,
차나 사람을 기다리는 데 5년,
담배 피고 술 마시는 데 3년 등등이었지만,

행복했던 시간을 헤아려 보니
불과 46분밖에 되지 않았다고 한다.

- 작자 미상 -

힘들면 잠시 쉬어 가세요

➡ 나폴레옹은 평생 동안 진정으로 행복했던 시간은 일주일도 안 됐다고 고백했습니다. 독일의 대문호 괴테마저도 정말 행복했던 시간은 15분도 채 안 되었다고 고백했습니다. 그렇다면 우리는 지금까지 살면서 진정으로 행복했던 시간이 얼마나 될까요? 남은 날들을 위해 지금쯤 중간 결산을 해 보면 어떨까요? 지금까지의 행복한 시간이 길지 않았다면, 지금부터라도 그 시간들을 조금씩 늘려 가면 될 것입니다. 사람이 사는 목적은 행복해지기 위해서 이기 때문입니다.

행복해 지려면

행복을 추구하는 자체가
불행의 가장 큰 원인이다.

행복은 목적의식적이며,
근면하며,
남들에게 기여하는
삶의 부산물로 주어지는 것이다.

우리가 우리의 목표와 꿈으로
향하는 길을 열심히 갈고 닦을 때,
어느새 행복이
그 길에 동행함을 발견하고
놀라게 될 것이다.

데이비드 네이더트의 『리더의 시간』 중에서

힘들면 잠시 쉬어 가세요

➡ 행복은 남들이 보는 것이 아니라, 본인 스스로 자신의 상황을 어떻게 바라보느냐에 달려 있습니다. 즉, 행복은 스스로의 발전과 목적 달성, 그리고 자신이 의도한 대로 살아가는 삶에 만족하려는 의지에 뿌리를 두고 있습니다. 그러나 당신이 자신의 꿈으로부터 남들이 가진 것으로 눈길을 돌릴 때, 불만과 불행은 시작됩니다. 따라서 당신이 어떤 상황에서든 만족하는 방법을 배울 때만, 행복은 소리 없이 당신을 찾아오게 될 것입니다.

감사하기 위한 3단계 공식

1단계 : 하루의 활동 속에
뛰어들기 전에 '멈춰라!'

제2단계 : 남에게 정성스럽고
친절할 수 있는 기회를 '찾아라!'

제3단계 : 남들의 성공과 행복을 도와줄 수 있도록
그들의 소망과 그들의 문제에
귀를 '기울여라!'

데이비드 던의 『겸손한 사람이 되어라』 중에서

힘들면 잠시 쉬어 가세요

➡ 당신이 오늘부터 '멈추고', '찾고', '귀 기울이는 것'을 잊지 않고 실천한다면, 반드시 성공할 것입니다. 달리면서 장미꽃 냄새를 맡을 수는 없습니다. 장미꽃 향기를 맡기 위해서는 멈추어야 하듯이, 인생을 즐기기 위해서도 잠시 멈추어야 합니다. 다시 말해서 우리가 3단계를 실천한다면, 여러 가지 불안과 어려움 가운데 있다 할지라도, 어느새 인생을 즐기고 있는 나 자신을 발견하게 될 것입니다.

유의미한 삶, 그 속에서 느끼는 행복

화를 잘 다스려라

화가 나면 열까지만 세어 보자.
그러나 죽이고 싶으면 백까지 세어 보자.

고난은 맞서서 이기고,
죄는 피해서 이겨라.

고난을 당할 때는 외롭고 슬프지만
용기를 내야 한다.

바람이 불면 꺼져 버리는 불도 있지만
도리어 세차게 타오르는 불도 있다.

곽광택의 『사랑하는 친구에게 주는 소중한 말』 중에서

➡ 한평생을 살아가면서 우리가 어떤 형태의 '화'를 만날지 알 수 없습니다. 그러나 이를 피하려고만 하지 말고, 이를 통해 인생의 의미를 발견하고, 영원한 것을 얻을 수 있는 도약의 발판으로 삼아야 합니다. 화가 난다고 맞대응하면, 관계는 더욱 더 악화될 뿐 해결 방법 또한 찾을 수 없습니다. 따라서 좋은 사람, 인격을 갖춘 사람은 화를 스스로 다스리고, 먼저 사과할 줄 아는 사람입니다. 물론 사과는 나 자신을 위해서 하는 것입니다.

소리 내어 '행복'하다고 외쳐라

소리 내어 '행복'을 불러들여라.

좋은 하루를 만들기 위해
"나는 행복해, 나는 운이 좋아,
정말 살아 볼만한 세상이야."를
아침에 눈을 뜬 순간부터 되뇌어라.

그러면 거기에 알맞은 파동이 생겨
생각과 행동이 바뀌고
습관이 변하고 인격이 달라진다.

건강과 부와 성공도 저절로 따라온다.

주선희의 『얼굴 경영』 중에서

힘들면 잠시 쉬어 가세요

➡ 스스로 '삶이 아름답다.'고 생각하면 삶이 아름답습니다. 이와 마찬가지로 스스로 '행복하다.'고 생각하면 행복해집니다. 그러나 사람들은 조금만 힘들어도 불행하다고 생각하고 낙담하고 맙니다. 스스로 불행을 자초하는 것입니다. 그러나 지금부터는 모든 일을 '행복'이란 주파수에 정확히 맞추십시오. 생각, 사상, 말 등등······. 그러면 행복이 자신도 모르게 스며들어 행복한 삶을 살고 있는 자신을 보게 될 것입니다.

아름다운 말이 미래를 결정한다

말 한마디가 당신입니다.
좋은 말을 하면 좋은 사람이 되고
아름다운 말을 하면 아름다운 사람이 됩니다.

말 한마디가 당신의 생활입니다.
험한 말을 하는 생활은 험할 수밖에 없고
고운 말을 하면 생활은 고와집니다.

말 한마디가 당신의 미래입니다.
긍정적인 말을 하면 아름다운 소망을 이루지만
부정적인 말을 하면 실패만 되풀이됩니다.

오광수의 『좋은 말을 하고 살면』 중에서

➡ 입이 하나이고 귀가 두 개인 까닭은, 말은 적게 하고 많이 들으라는 의미입니다. 그렇다고 말을 하지 않고 살 수는 없습니다. 그런데 말은 곧 자신의 마음 상태를 나타냅니다. 특히 말은 한 번 뱉으면 주워 담을 수 없습니다. 따라서 기왕 해야 하는 말이라면 고운 말, 아름다운 말, 긍정적인 말만을 하는 것입니다. 그 까닭은 말에는 힘이 있어 한 번 뱉으면 그대로 이루어지는 마력이 있기 때문입니다.

유의미한 삶, 그 속에서 느끼는 행복

때로는 잊어버려라

우리는 잊어버렸더라면
더 나았을 것을
가장 잘 기억한다.

기억이란 제멋대로여서
우리가 필요한 때는 모른 척한다.

기억은 어리석은 것이어서,
자기가 필요 없는 곳에서
쓸데없이 참견한다.

고통스런 과거를 들추는 데는 열심이지만,
즐거운 추억을 불러오는 데는 게으르다.

발타자르 그라시안의 『살아가는 동안 내가 해야 할 일』 중에서

힘들면 잠시 쉬어 가세요

➡ 골치 아픈 일의 유일한 해결책은 '망각'인 경우가 많습니다. 따라서 잊어서 좋을 것들은 과감히, 미련 없이 잊고 버려야 합니다. 그럼에도 불구하고 우리는 기억을 잘하는 습관을 길러야 합니다. 그것이 우리 삶을 낙원으로도, 지옥으로도 만들 수 있기 때문입니다. 고통스런 과거만을 생각하면 지옥이겠지만, 즐거운 날들의 추억을 불러오면 행복과 기쁨 역시 덩달아 옵니다. 특히 행복한 사람이란 자신의 단순한 행복을 순진하게 즐길 줄 아는 특별한 존재들을 말합니다.

유의미한 삶, 그 속에서 느끼는 행복

매일 행복해지는 비결

샤워할 때는 노래하라.
매일 세 사람을 칭찬하라.
먼저 인사하는 사람이 되라.

크게 생각하되, 작은 기쁨을 즐겨라.
부정적인 사람을 멀리하라.
지나치게 칭찬하는 사람도 멀리 하라.

지속적으로 자기 계발에 전념하라.
누군가 나를 필요로 할 때
항상 거기 있어라.
항상 즐거운 삶을 살고 싶다면……

스마일 맨 마이클의 『즐거운 삶의 비결』 중에서

➡ 세상이 비록 우리를 슬프게 할지라도 우리 모두는 즐겁고 행복하게 살 권리가 있습니다. 그러나 권리가 있다고 해서 모두 행복하고 즐겁게 사는 것은 아닙니다. 행복해지려면 남들을 지나치게 의식하고 따라가기보다는, 자기 스스로 행복의 의미를 제대로 이해하고, 행복해지는 방법을 배우면서 열심히 노력하는 지혜가 필요합니다. 항상 즐거운 삶을 살고 싶다면 말입니다.

유의미한 삶, 그 속에서 느끼는 행복

첫째, 남들이 나에게 기대하는 인생이 아닌,
나 자신에 솔직한 인생을 살지 못했다는 것이다.
지나치게 남의 시선을 의식하느라
실현하지 못한 것이다.

둘째, 그렇게 힘들게 일하며 살아올
필요가 있었을까 하는 것이다.
그 사이에 자식들의 어린 시절,
배우자의 우애를 잃고 말았다는 후회다.

셋째, 자신의 기분을 내키는 대로 표현할
용기를 내지 못했다는 것이다.
다른 사람들과 평화를 위해
자신의 감정을 억누르는 속병을 앓아야 했다.

넷째, 친구들과 자주 만나며
지내지 못한 것을 슬퍼했다.

자신의 삶에 갇혀
황금 같은 우정을 잃어버린 것을 후회했다.

다섯째, 자기 자신을 좀 더
행복하게 만들지 못한 것이다.
행복도 선택이란 사실을 마지막까지 몰랐다.

『조선일보』에서

➡ 위의 글들은 오랫동안 말기 암 환자를 간병했던 호주의
간호사 '브로니 웨어'가 발간한 책 속에서 죽음을 앞둔 사람
들에겐 5가지 공통된 후회가 있다고 기술한 내용을 요약한
것입니다. 그런데 인생과 저녁 식사의 차이는 저녁 식사는
가장 달콤한 것이 맨 나중에 나온다는 사실입니다. 그러나
인생은 그렇지 못합니다. 세상을 떠날 때가 되면, 누구나 후
회와 회환에 빠지게 됩니다. 따라서 후회 없는 인생을 살고
자 한다면 할 수 있는 일을 미루지 말고, 그때그때 하고 싶
은 일을 하면서 열심히 사는 것입니다.

유의미한 삶, 그 속에서 느끼는 행복

내 행복은 내 가슴으로

당신을 행복하게 만들어 줄 사람은
어디에도 없다.

다른 사람이 우리를
행복하게 만들어 줄 수 있다는 생각은
주로 노래 가사나 영화에 나온다.

현실 세계에서는 어느 누구도
우리의 인생을 바꿔 주지 않는다.

결국 우리 삶은
우리 스스로 바꾸는 것이다.

앤드류 매튜스의 『지금 행복하라』 중에서

힘들면 잠시 쉬어 가세요

➡ 다른 사람이 우리의 인생을 대신 살아 줄 수 없듯이, 나의 행복 역시 다른 사람이 대신 만들어 주거나 책임져 줄 수 없습니다. 나 자신의 행복은 나 스스로 어떻게 하느냐에 달려 있으며, 내 스스로 어떤 마음을 갖느냐에 달려 있습니다. 따라서 행복한 삶을 원한다면 '행복한 생각'을 하면 됩니다. 그런데 사람들은 늘 불행을 먼저 생각하고 걱정하면서 삶을 삽니다.

유의미한 삶, 그 속에서 느끼는 행복

지금 가진 것에 만족하라

척, 잘 들어 두렴.

불행한 사람들은
자기가 갖지 못한 것만 보면서
현재의 신세를 한탄한단다.

반면에 행복한 사람들은
지금 자기가 갖은 것에 대해
충분히 만족해하면서 감사를 느끼지.

너는 어느 쪽인지
수시로 생각해 보렴.

데보라 노빌의 『감사의 힘』 중에서

힘들면 잠시 쉬어 가세요

➡ 사람들은 대부분 남이 가진 권력, 부, 명예 등을 자신과 비교하고, 남을 부러워하며 살아갑니다. 그래서 "남의 떡이 더 커 보인다."는 말이 있는지도 모르겠습니다. 남의 것이 더 커 보이고 내 것이 작아 보이기 시작하면 불행은 시작되며, 행복해지기 어렵습니다. 그러나 나보다 못 가진 사람도 부지기수로 많다고 생각한다면, 우리는 행복해질 것입니다. 특히 자신이 지금 가진 것들에 감사하고, 소중히 생각한다면 행복은 배(倍)가 될 것입니다.

'부록 인생'을 살지 마라

많은 사람이 돈에 휘청거리고,
권세에 아부하며,
명예에 침 흘리다
'부록 인생'을 살고 만다.

모두가 흘러가는 탁류 속에
혼자만이라도 고개를 들고,
초연하게 살아가는 멋쟁이가 그립다.

청빈하고 겸손하고 이름 없이 사는 것이
결코 손해 보는 삶이 아니다.
각자에게 주어진
제 역할이 있어 아름답다.

곽광택의 『사랑하는 친구에게 주는 소중한 말』 중에서

힘들면 잠시 쉬어 가세요

➡ "사람은 죽어 이름을 남기고, 호랑이는 죽어 가죽을 남긴다."는 옛말이 틀린 말은 아니지만, 오늘날 많은 사람들은 돈과 권력과 명예를 갈구하며 방황하는 인생을 삽니다. 그리고 인생의 진정성을 잃어버린 채, 좌절하고 절망하다 결국 '부록 인생'으로 생을 마치고 맙니다. 이런 까닭에 돈과 권력, 명예만을 좇는 탐욕스런 돼지가 되기보다는 겸손한 마음과 베푸는 마음을 가지고 자신의 모습 그대로 사는 지혜가 필요합니다. 특히 해야 할 일을 묵묵히 한 뒤, 모든 것을 신에게 맡기는 삶이 더 아름다운 삶입니다.

유의미한 삶, 그 속에서 느끼는 행복

마음의 자유를 찾아서

걱정의 40%는
절대 현실로 일어나지 않는다.
걱정의 30%는
이미 일어난 일에 대한 것이다.
걱정의 22%는
사소한 고민이다.

걱정의 4%는
우리 힘으로 어쩔 도리가 없는
일에 대한 것이다.

걱정의 4%는
우리가 바꿔 놓을 수 있는 일에 대한 것이다.

『어니 젤렌스키의 어록』 중에서

힘들면 잠시 쉬어 가세요

➡ 인간에게는 가장 무서운 병이 하나 있습니다. 그것은 바로 마음 한구석에 늘 자리 잡고 있는 쓸데없는 '근심'과 '걱정'입니다. 근심을 품고 산다는 것은, 삶을 황폐하게 만들고 하루하루를 우울하게 만드는 원인이 됩니다. 근심은 아무짝에도 쓸모없는 생각의 쓰레기일 뿐입니다. 따라서 그런 생각들은 지금 바로 미련 없이 휴지통에 버리십시오. 그러면 곧장 마음의 평화와 자유를 만날 수 있습니다.

평생 행복하려면

하루 동안 행복해지려면
이발소에 가서 이발을 하라.

일주일 동안 행복해지려면
연애를 하라.

한 달 동안 행복해지려면
말을 사라.

일 년 동안 행복해지려면
새 집을 사라.

'그러나 평생 행복해지려면
정직한 사람이 되어라.'

– 영국 속담 –

힘들면 잠시 쉬어 가세요

➥ 한평생을 살면서 정직하게 산다는 것은 말처럼 그렇게 쉬운 일이 아닙니다. 정직하게 살다 보면 때로는 손해 보는 일도 생기고, 자칫 바보로 보일 때도 있기 때문입니다. 그렇다고 마음속의 순수한 정직의 불씨를 스스로 짓밟는 어리석은 일을 해서는 안 됩니다. 한 자루의 촛불이 수백, 수천 개의 촛불에 불을 붙이듯, 바로 당신의 정직한 말과 행동이 이 사회를 포근하고 더 아름답게 만들 수 있는 까닭입니다.

유의미한 삶, 그 속에서 느끼는 행복

04

넷
째
마
당

내 안의 천국을 위한
내려놓음의 지혜

남의 용서를 받는 사람이 되지 마라

남의 용서를 받는 사람이라면
그는 이미 죄인이다.

용서를 받았다고 해서 죄악의 씨앗마저
용서를 받은 것은 아니기 때문이다.

그 죄를 저지른 사람만 용서한 것이다.

모든 죄는 벌(罰)을 함께 갖고 온다.
용서 자체가 벌이다.

용서를 받는다는 사실이야말로
얼마나 엄청난 괴로움인가!

이규호의 『에세이 명신보감』 중에서

힘들면 잠시 쉬어 가세요

➡ 용서 자체가 상대방에게는 또 다른 벌(罰)이란 것을 세상 사람들은 잘 모릅니다. 이런 까닭에 세상 사람들은 용서에 인색하기도 합니다. 그러나 인생을 살면서 큰일이든, 사소한 일이든 남을 용서하는 사람이 될지언정 '남으로부터 용서받는 사람'이 되어서는 곤란합니다. 용서 자체가 바로 용서하는 사람 자신을 위한 일이기 때문입니다. 따라서 잘못을 했거든 지체 말고 용서를 구하고, 용서를 구하면 기쁜 마음으로 용서하십시오.

어떤 악마가
자신이 쓰던 무기를 팔기 위해
전시해 놓았습니다.

모든 무기에 값이 매겨져 있는데
유독 한 가지에는 '팔지 않음'이란
팻말이 꽂혀 있었습니다.

구경하는 사람들이 물었습니다.
"이것은 왜 안파는 겁니까?"

악마가 대답했습니다.
"이것은 안 됩니다.
사람을 완전히 파멸시키는 데
이것보다 더 강력한 무기는 없으니까요.

이건 바로 '자존심 짓밟기', '사기 죽이기'라고
부르는 무기지요.
이걸 사람 마음속 깊숙이 들이대면
꼼짝없이 당하고 맙니다.

하루키의 『상실 시대』 중에서

➡ 오늘, 아니 평상시에 나 자신이 주위 사람들에게 무심
코 던진 말 중에 상대방에게 상처를 주고 자존심을 짓밟는
독화살과 같은 말을 하지는 않았는지 곰곰이 생각해 볼 일입
니다. "무심코 던진 돌에 개구리 맞아 죽는다."는 말처럼 무
심코 한 말이 상대방의 자존심을 건드리고, 상대방의 사기
를 꺾어 버릴 수도 있기 때문입니다. 따라서 말을 할 때는
조심하고 가려서 해야 합니다. 그뿐만 아니라 말로써 상대
방에게 상처를 주면, 언젠가는 그것이 부메랑처럼 다시 자
신을 행해 돌아온다는 사실도 잊어서는 안 됩니다.

내 안의 천국을 위한 내려놓음의 지혜

비밀은 지켜야 비밀이다

적에게 알려서 안 되는 것은
친구에게도 알리지 마라.

비밀은 지키면 그 주인이 되고
고백하면 그 노예가 된다.

평화의 열매는
평화의 나무에서만 연다.

쇼펜하우어의 『복잡한 세상을 사는 간결한 지혜』 중에서

➡ 자신의 비밀이든 타인의 비밀이든 이를 지킨다는 것은 어려운 일입니다. 그러나 꼭 지켜야 할 비밀이라면 죽는 날까지 비밀로 간직하는 것이 현명한 처세입니다. 누군가를 믿고 발설한 일이 나중에 결국 화근이 되어 자기 자신을 궁지로 몰아넣은 일이 비일비재하기 때문입니다. 특히 나의 적은 늘 믿었던, 가장 가까이 있는 사람이란 사실도 명심해야 합니다. 그러나 더 중요한 것은 처음부터 비밀을 만들지 않는 것입니다.

덜면 덜수록 편하다

사람이 무슨 일이든 덜면 덜수록
세속에서 초탈하게 된다.

만약 사람과 사귐을 줄이면
남과 다투어 마음을 괴롭히는 일이 줄고
말을 적게 하면 허물이 적어진다.

생각을 덜면 정신이 소모되지 않고
총명을 줄이면
천진(天眞)의 본성을 보전할 수 있다.

그러므로 날마다 '덜함'을 구하지 않고
날로 '더함'을 구하는 사람은
스스로 자신을 속박하는 것이다.

서근식의 『재미있는 채근담』 중에서

힘들면 잠시 쉬어 가세요

➡ 인간은 스스로 무거운 짐을 지고자 하루하루 쓸데없는 노력을 하고 있는지도 모릅니다. 그것이 무엇이든 많이 갖고자하는 인간 본성의 탐욕과 욕망 때문일 것입니다. 그러나 조금만 욕심과 탐욕을 버리고 자신을 낮춘다면, 삶은 물론 마음 역시 훨씬 편안해지고 더 풍요로워 질 것입니다. 특히 재물을 쌓는 데 시간을 낭비하는 것은 가장 어리석은 일입니다. 인간은 죽을 때 동전 한 닢도 가져갈 수 없는 까닭입니다.

내 안의 천국을 위한 내려놓음의 지혜

어떤 사람을
현명한 사람이라고 하는가?
모든 것에서 배우기 위해 애쓰는 사람이다.

어떤 사람을
굳센 사람이라고 하는가?
자기 자신을 억제할 줄 아는 사람이다.

어떤 사람을
풍부한 사람이라고 하는가?
자기 소득에 만족을 느낄 줄 아는 사람이다.

『탈무드』 중에서

➡ "참으로 현명한 자는 바보와 비슷하다."는 말이 있습니다. 총명함과 예지를 남에게 들키지 않도록 꼭꼭 감추고 있기 때문입니다. 그래서 겉만 보고 사람을 평가하는 것은 참으로 어리석고 위험한 일입니다. 그런데 인간 사(史)는 한 사람은 토끼를 잡고, 다른 사람이 그 토끼를 먹는다고 합니다. 우리는 과연 어느 쪽을 택해야 현명할까요? 당신이 선택할 문제입니다.

말은 쉽지만 말하기는 어렵다

말은 돈에 비유될 수 있다.

과장된 말은 인플레이션 같고

약속을 실천하지 못한 말은
흡사 부도 수표와 같고

의식적인 거짓말은
위조 수표와 같다.

강원룡의 『5분간의 사색』 중에서

힘들면 잠시 쉬어 가세요

➡ 말하기는 쉽기도 하고, 참으로 어렵기도 합니다. 그 까닭은 말이란 경우에 따라서 아름다운 사랑이나 우정을 실어 나르기도 하지만, 어떤 경우에는 시기와 질투, 중상모략과 음해, 죽음과 고통까지도 대책 없이 뿜어내기 때문입니다. 따라서 말 한마디 한마디를 가려서 조심스럽게 하는 것이 바로 화를 줄이는 길이자, 오해를 사지 않는 현명한 길입니다. "말 한마디로 천 냥 빚을 갚는다."는 옛말도 있으니까요.

혼자 고민하지 마라

고민은
누구나 살아가는 동안 짊어져야 할
최소한의 짐 같은 것이다.

그 짐이 너무 무거울 때는
가족이나 친구 동료와 함께
나누어지고 가자.

그러나
고민해야 할 가치가 그다지 없다면
아예 던져 버리고
무시해 버리는 것이
좋은 방법 중 하나이다.

적어도 작은 것에 연연하다

더 큰 것을 잃는 일은

없어야 하기 때문이다.

박창수의 『새로운 미래를 Design 하라』 중에서

➡ 그 무게가 무겁고 가벼움의 차이는 있겠지만, 누구나 고민 하나쯤은 안고 살아갑니다. 중요한 것은 '고민을 안고 살아가는가?'와 '고민을 그때그때 정리하며 살아가는가?' 하는 차이가 있을 뿐입니다. 그러나 고민거리가 크든 작든 늘 머릿속에 존재한다면 아무것도 할 수 없습니다. 온통 정신이 고민거리에 집중되기 때문입니다. 따라서 고민거리를 해결하고자 혼자 끙끙대기보다는 믿을 수 있는 누군가와 고민을 나누고 공유하는 것도 고민을 덜 수 있는 현명한 삶의 지혜입니다.

그대 또한 옳다

높이 나는 새는 멀리 볼 수 있지만,
낮게 나는 새만큼 자세히 보지 못한다.

그러므로 어디에서 보느냐에 따라
모든 것은 달리 보이는 것이다.

그 대상이 변하는 것이 아니라
우리 시야의 각도에 따라
시야의 높낮이에 따라 달리 보일 뿐이다.

그러므로 나만 옳은 것이 아니라
그대 또한 옳다.

생텍쥐페리의 『특별한 인생을 위한 아름다운 반항』 중에서

힘들면 잠시 쉬어 가세요

➡ 밤하늘에 달이 은빛을 띤 평평한 동전처럼 보이듯이 우리가 사는 세상도 아주 멀리서 보면 생명체란 존재하지 않는 구(球)에 불과할 뿐입니다. 인간의 삶도 멀리서 접한 것만으로 그 사람을 다 알았다고 할 수는 없습니다. 그에게 가까이 다가갈 때만 그의 미세한 색채를 볼 수 있기 때문에 항상 나만 옳다고 생각하는 것은 어리석은 일입니다. 따라서 '역지사지(易地思之)'란 말처럼 늘 남의 입장을 헤아리고자 하는 열린 마음의 자세가 필요합니다.

내 안의 천국을 위한 내려놓음의 지혜

중용(中庸)을 지키는 지혜

지위는
너무 올라가지 않는 것이 좋다.
끝까지 올라가면
함정이 기다리고 있다.

재능은
너무 많이 발휘하지 않는 것이 좋다.
지나치게 내보이면
오래가지 못한다.

훌륭한 행동도
적당히 하는 것이 좋다.
너무 지나치면 오히려 비난을 받는다.

모리야 히로시의 『성공하는 리더를 위한 중국 고전 12편』 중에서

힘들면 잠시 쉬어 가세요

➡ "지나친 것은 못 미친 것과 같다."고 공자는 말했습니다. 그리고 공자는 이런 과부족이 없는 상태를 가리켜 '중용(中庸)'이라고 했습니다. 즉, 극단으로 달리지 않는 균형 잡힌 방식이 이상적인 삶의 지혜란 의미입니다. 사람도 중용의 도(道)를 따라 산다면 좀 더 편안한 삶을 살 수 있습니다. 그런데 대부분 편향적인 삶을 살기 때문에 고통과 슬픔 속에 불행하고 힘든 삶을 삽니다.

내 안의 천국을 위한 내려놓음의 지혜

나쁜 기억은 빨리 버려라

사람들은 자주 가벼운 실수를 한다.
하지만 대체로 실수는
고의적이라기보다는 부주의에서 생긴다.

누군가 당신을 두 번 다시 만나지 않겠다는 듯
당신의 면전에서 담지 못할 만큼 욕을 퍼부어
지울 수 없는 상처를 입혔다 하더라도,

그건 그 사람이 악의를 갖고
고의적으로 그런 것이 아니라,
그런 행동이 잘못된 것이라는 것을
깨닫지 못했기 때문에 그럴 가능성이 높다.

따라서 지난날 가진 타인에 대한
원한이나 후회, 분노는 훌훌 털어 버려야 한다.

힘들면 잠시 쉬어 가세요

지난 일은 지난 일일 뿐이다.
과거를 '좋은 기억'과 '나쁜 기억'으로 나누지 마라.

리차드 텔플러의『인생잠언』중에서

➡ 사람들은 좋은 기억보다는 나쁜 기억을 마음속에 더 오래 간직한다고 합니다. 그래서 무슨 일이 생기면 좋은 기억은 다 잊은 채, 나쁜 기억만을 끄집어내 상대에게 무차별 공격을 가하기도 합니다. 그러나 자신을 위해 지난날의 나쁜 기억은 가급적 빨리 훨훨 털어 내야 합니다. 그리고 그 나쁜 기억 속에서 조차 긍정적인 면을 찾아내, 그것을 오히려 자신의 인격을 발전시킬 수 있는 원동력으로 삼아야 현명한 사람입니다. 인간은 그 누구도 지난 과거를 되돌릴 수는 없기 때문입니다.

불필요한 짐은 버려라

당신은 이 말을 많이 들었을 것이다.
"인생은 너무나 짧다."

당신은 이런 말도 많이 들었을 것이다.
"인생은 화를 내며 살기엔 너무 짧다.
악의를 품고 살기에도 너무 짧다."

그러나 나는 이렇게 말하고 싶다.
"인생은
그러한 짐을 지고 살아야 한다면 너무 길다.
필요 없는 짐을 진다면,
인생은 실제보다 더 길어 보일 것이다."

C.M. 브리스톨의 『신념의 마력』 중에서

➡️ 모든 것은 생각하기에, 마음먹기에 달려 있습니다. 특히 생각은 당신을 조절할 수 있습니다. 그러므로 당신이 원할 때 당신의 잘못된 생각을 제거하십시오. 그러면 소용돌이를 피해서 오는 선원처럼, 만사가 안정되어 항구로 무사히 돌아 올 수 있습니다. 필요 없다고 생각되면 빨리 버리는 것이 상책입니다. 화도, 악한 마음도, 질투도, 시기도, 욕심도……. 그래야 인생이 행복해집니다.

자신을 위해 명상하라

나는 어떤 존재인가?
침묵 속에 묻고 또 물어야 한다.
해답은 그 물음 속에 있다.

때때로
자기 자신을 들여다보는 일이 없다면
마음은 황무지가 되고 말 것이다.

명상하라.
그 힘으로 삶을 다지라.

법정 스님 잠언집 『살아 있는 것은 다 행복하라』 중에서

힘들면 잠시 쉬어 가세요

➡ 명상은 '마음을 열고 귀 기울이고 바라봄'이랍니다. 이 생각 저 생각으로 들끓는 번뇌를 잠시 내려놓고 빛과 소리에 무심히 마음을 열고 있으면, 잔잔한 기쁨과 평안이 그 안에 있답니다. 깨달음은 어디서 오는가? 그것은 밖에서 오는 것이 아니라 안에서 피어난답니다. 이런 까닭에 하루 중 잠깐만이라도 시간을 내어 명상을 하십시오. 모든 번뇌를 이기는 힘은 명상 안에 있습니다.

때로는 갈대처럼 휘어져라

언제나
갈대처럼 휘어져라.
삼목처럼 높이 솟아서는 안 된다.

갈대는
어느 쪽으로 바람이 불어도
바람에 따라 흔들리다가
다시 제자리로 돌아온다.

바람이 없으면 제자리에
그대로 서 있을 수 있다.

M. 토케이어의 『영원히 살 것처럼 배우고,
내일 죽을 것처럼 살아라』 중에서

힘들면 잠시 쉬어 가세요

➥ 인생을 어떻게 살아가야 하느냐는 순전히 자신이 스스로 결정할 일입니다. 대나무처럼 올곧게 곧이곧대로 살아가는 것도 하나의 방법은 될 것입니다. 그러나 인간 세상은 더불어 살아가야만 합니다. 나무가 너무 곧게 자라면 쉬 베어지거나, 바람에 부러지고 맙니다. 너무 맑은 물에는 고기가 없다고 했습니다. 이런 까닭에 때로는 갈대처럼 살아야 하는 지혜가 필요한지도 모릅니다. 못생긴 나무가 산을 지키듯······.

아름다운 마무리는 '비움'이다

아름다운 마무리는 '비움'이다.
채움만을 위해 달려온 생각을 버리고
비움에 다가가는 것이다.

그러므로 아름다운 마무리는 '비움'이고
그 비움이 가져다주는 충만으로
자신을 다시 채우는 것이다.

아름다운 마무리는
살아온 날들에 대해 찬사를 보내고

타인의 상처를 치유하고
잃어버렸던 나를 찾는 것,

힘들면 잠시 쉬어 가세요

수많은 의존과 타성적인 관계에서
벗어나 홀로 서는 것이다.

법정 스님의 『아름다운 마무리』 중에서

➡ 삶은 순간순간의 아름다운 마무리이자 새로운 또 다른
시작입니다. 즉, 끝이 아니라 새롭게 다시 태어나 출발하는
것입니다. "끝이 좋으면 모든 것이 좋다."는 말이 있듯 삶의
매 순간마다 우리는 깔끔한 삶을 이어 나가야 합니다. 채움
이 능사가 아니라 비움을 통해 모든 것을 담담히 받아들이고
즐기는 따뜻한 가슴을 가져야 합니다.

양심 있는 인격자가 되라

양심이란
인격을 지켜 주는
방패인 동시에 삶의 거울이다.

양심을 지키지 못하면
인격을 지킬 수 없으며,
일생동안 유혹의 늪에서 허우적거리게 된다.

일단 유혹에 굴복한 사람은
비열하고 불성실한 습관에 빠져 버린다.

설사 나쁜 짓을 하고도
운 좋게 그 일이 발각되지 않았다고 해도
그는 이미 옛날과 같은 사람이 될 수는 없다.

새뮤얼 스마일스의 『인생을 바꾸고 싶다면 생각부터 바꿔라』 중에서

힘들면 잠시 쉬어 가세요

➡ 인격은 정신력의 산물로서 개인마다 다른 특성을 갖고 있습니다. 그것은 학식이나 재산 따위와는 전혀 상관없는 자기 수양의 결정체입니다. 이런 까닭에 진실한 인격자는 남이 있는 데서나 없는 데서나 올바르게 행동합니다. 언제 어느 때나 성실한 언동에 힘을 기울이는 것이 인격자의 자랑스러운 모습입니다. 그러나 훌륭한 인격자라고 해서 반드시 사회적으로 지위가 높거나 경제적으로 윤택하게 살아가는 것은 아닙니다. 따라서 평범한 인격자가 더 빛나는 법입니다.

내 안의 천국을 위한 내려놓음의 지혜

물처럼 살아라

왜 물처럼 사는 것이 좋은가?

첫째, 물은 매우 유연하고
그릇에 따라 얼마든지
그 모습이 변할 수 있다.
뽐내거나 하며
다른 것과 마찰을 빚지도 않는다.

둘째, 물은 예외 없이
높은 곳에서 낮은 곳으로 흘러간다.
높은 지위 따위는 바라지 않고,
사람과 다투려 하지 않는다.
그렇기 때문에 풍성한 결실을 약속받는다.

셋째, 높은 곳을 바라지 않고
낮은 곳에 머물고 싶기 때문에
한 방울의 물이 모여 작은 시내를 이루고,

힘들면 잠시 쉬어 가세요

그 시내가 모여 강을 이루고,
강들이 모여 큰 바다를 이루는 것처럼
점점 자신을 크게 할 수 있다.

모리야 히로시의 『최고의 리더가 되기 위한 기술』 중에서

➡ 물은 만물을 도와, 키워 주면서도 자신을 주장하지 않으며, 사람들이 싫어하는 낮은 곳으로 흘러갑니다. 그리고 물은 낮은 곳에 자리 잡지만, 마음은 깊고 고요할 뿐입니다. 물은 머물러야 할 때는 반드시 머물고, 움직일 경우에도 무리가 없습니다. 세상에 약하고 부드러운 것 중, 물처럼 약하고 부드러운 것은 없습니다. 견고하고 강한 것 또한 이기는 것은 물만한 것이 없습니다. 따라서 사람들도 물의 이 같은 지혜를 배운다면 다투거나 화내며 살 일이 없을 것입니다.

내 안의 천국을 위한 내려놓음의 지혜

잘난 것은 먼저 '해(害)'를 당한다

꽃은 아름다울수록 빨리 꺾이고,
나무는 곧을수록
빨리 베어진다는 것을 왜 모르는가?

세상 사람들은 그것도 모르고
남보다 뛰어나려고
욕심과 허세를 부리다가
제 명을 못 누리고 세상을 일찍 떠난다.

속세에서 쓸모없음이야말로
세상을 초월한 사람이 살아가는
처세의 지혜이다.

유인태의 『장자의 지혜』 중에서

힘들면 잠시 쉬어 가세요

➡️ 어리석은 사람은 자기 공로나 명예를 절대 남에게 돌리려하지 않습니다. 그런데 "스스로 공로를 높이는 자는 공로를 잃고, 명예를 얻는 자가 계속 그 명예를 써먹으려 하다가는 결국 망신만 당한다."라고 노자는 말했습니다. 따라서 유명해지려 하지 말고, 공덕을 남에게 돌리고, 마음을 깨끗이 비우고, 권력과 명예를 탐닉하지 않는 것이 진정으로 마음 편히 행복하게 한 평생 살아가는 현명한 지혜입니다. 잘난 채 하면 적도 많아지는 것이 인간 세상입니다.

내 안의 천국을 위한 내려놓음의 지혜

70%만 성공해도 만족하라

인생의 70%에
만족할 줄 안다는 것은
자신에게 맞지 않은
욕심은 부리지 않는다는 말이다.
그렇게 되면
작은 일에도 감사하는 마음이 생긴다.

자신과 자신을 둘러싼 사람들에게
감사하는 마음이 생기는 것보다
더 행복한 일이 있을까?

인생의 70%만이라도
만족하고 살 수 있다면,
불만보다도
만족스러움이 훨씬 많아진다.

힘들면 잠시 쉬어 가세요

또 주위에 대해
감사하는 마음으로 살아갈 수 있다.
이는 생각을 조금 바꿈으로써
얼마든지 가능하고 누구라도 할 수 있다.

사이토 시게타의 『읽기만 해도 기분이 좋아지는 책』 중에서

➡ 늘 100% 모두 성공하기를 바라는 사람은 자신은 뭐든지 할 수 있다고 생각하지만, 사실 인간의 능력은 그다지 뛰어나지 않습니다. 그런데 사람은 사회와 가족, 친구, 아니 그보다 더 넓은 의미에서 이 지구와 자연의 혜택을 받으며 살아갑니다. 이것을 안다면 자신이 뭐든지 하겠다고 나설 필요가 없습니다. 그저 자신에게 주어진 역할을 제대로 하기만 하면 됩니다. 그러면 실패했을 때 실망이나 좌절을 할 필요도 없고, 살아가는 것이 괴롭지도 않습니다. 또한 자신의 주변에 대해 감사하는 마음도 절로 생기게 됩니다.

내 안의 천국을 위한 내려놓음의 지혜

행복을 위한 조건

· 재산은
먹고살기에 조금 부족할 것.

· 외모는
모든 사람이 칭찬하기에 조금 떨어질 것.

· 명예는
자신의 생각보다 절반밖에 인정받지 못할 것.

· 체력은 남과 겨루었을 때
한 사람에게는 이기되 두 사람에게는 질 것.

· 말솜씨는 연설을 할 때
청중 절반쯤이 박수를 치는 정도일 것.

플라톤의 『행복의 조건 5가지』 중에서

힘들면 잠시 쉬어 가세요

➡ 사람들은 태어나면서부터 자신의 욕망을 충족시키기 위해 끊임없이 노력합니다. 그래서 수단 방법을 가리지 않고 부(富)를 축적하고 명예를 얻고자 인생 대부분의 시간을 소비합니다. 그래야 행복을 얻을 수 있는 것처럼……. 그러나 인생의 행복은 부에도, 명예에도 있지 않습니다. '얼굴이 잘생겨도 오래 살지 못하고, 솜씨나 재주가 많아도 단명한다.'는 옛말이 있습니다. 따라서 행복은 멀리 있는 것이 아니라, 늘 가까이 있기에 항상 조금은 비워 두는 여유와 여백 속에서 행복을 찾는 지혜가 필요합니다.

내 안의 천국을 위한 내려놓음의 지혜

엉터리 삶에서 벗어나라

우리들 대다수는 엉터리 삶을 산다.

도처에서 화려하게 생활하고 있지만
아주 초라한 인생을 사는 사람.

직업에서는 성공했지만
인격적으로 실패한 사람.
물질적 이익을 위해
정신적으로 위축된 삶을 사는 사람.

한 끼니의 음식을 위해
이상이란 타고난 권리를
파는 삶을 목격할 수 있다.

오리슨 스웨트 마든의 『하고 싶은 일을 하라』 중에서

힘들면 잠시 쉬어 가세요

➡ 세상 사람들의 삶의 모습을 살펴보면 참으로 다양합니다. 겉으로는 화려하고 잘사는 듯 보이지만, 속내를 들여다보면 초라하고 위축된 삶을 살거나, 물질적으로는 풍요롭지만 정신적으로는 피폐한 삶을 사는 사람들도 많습니다. 때에 따라서는 스스로 목숨을 끊기도 합니다. 이 모두가 욕정과 탐욕에서 비롯된 것으로, 이들 욕구가 만족되지 않았을 때 우리 인간은 심각한 후유증을 경험합니다. 따라서 엉터리 삶, 엉터리 인생을 살고 싶지 않다면, 욕심을 조금만, 아주 조금만 버리면 됩니다. 인간의 욕망은 그 무엇으로도 다 채울 수 없는 까닭입니다.

천국은 내 안에 있다

심청이의 아버지는
앞을 못 보는 장님,
심봉사입니다.
그건 우리들 자신을 비유한 말입니다.

우리는 봄날의 꽃,
여름날의 녹음,
가을의 바람,
겨울의 눈발을 있는 그대로 보질 못하죠.
늘 거기에 우리의 감정을 대입해 바라봅니다.

그래서 꽃은 슬픈 꽃,
녹음은 절망의 녹음,
바람은 외로운 바람,
눈발은 두려움의 눈발이 되고 말죠.

결국 세상의 우주는
희로애락으로 범벅이 된
비빔밥이 되고 맙니다.
우리는 늘 스스로 만든
창문을 통해 바깥을 보니까요.

백성호의 『현문우답』 중에서

➡ 심봉사는 딸과 맞바꾼 공양미 300석의 시주 덕분에 눈을 뜹니다. 심봉사 뿐만 아니라 맹인 잔치에 왔던 모든 맹인들이 눈을 뜹니다. 내가 눈뜰 때 세상도 눈을 뜬 것입니다. 우리가 틀어쥐고 있는 집착을 인당수에 하나씩 둘씩 풍덩, 풍덩 내려놓으며 가다 보면 결국 눈을 뜨게 됩니다. 이 세상도, 이 우주도 함께 눈을 뜨게 됩니다. 그때 우리는 탄성을 지릅니다. "여기가 불국토(천국)이구나." 그렇습니다. 천국은 결국 집착을 내려놓은 내 안에 있지, 다른 곳에 있지 않습니다.

내 안의 천국을 위한 내려놓음의 지혜

조금 손해 보는 삶이 더 나은 이유

사람들과의 관계에서
그냥 내가 약간 손해 보면서 살겠다는
마음가짐으로 사십시오.

우리는 자신이 한 것은 잘 기억하지만
남들이 내게 해 준 것은
쉽게 잊기 때문에,

내가 약간 손해 보며 산다고 느끼는 것이
알고 보면 얼추 비슷하게 사는 것입니다.

정희재의 『아무것도 하지 않을 권리』 중에서

➡️ 인간은 누구든 손해 보며 살고 싶어 하지 않습니다. 산다는 것은 어떻게든 덧셈을 거듭하는 것이 성공이고, 뺄셈은 실패나 손실로 간주되기 때문입니다. 그런데 덧셈의 기억은 금방 사라져 또 다른 욕구를 불러오는 반면, 뺄셈의 기억은 오래도록 마음속에 생채기를 남깁니다. 이런 까닭에 남이 내게 베풀어 준 은혜나 호의를 늘 기억해야 하는 것은 당연한 일이지만, 조금씩 손해 보며 사는 것, 또한 마음의 생채기를 남기지 않는 지혜로운 삶입니다.

| 05 |

다
섯
째 마
당

더불어 사는 세상,
소통하며 관계 맺으며

아버지의 사랑

"아버지의 사랑은 등대 같은 거야.
밝은 낮에는 태연한 척
가만히 웅크리고 있다가,

어두운 밤이 되면
깜박깜박 제 몸을 밝히는
등대와 같은 게 우리 아버지거든.

아버지들의 침묵 속에는
사랑한다는 말이 담겨 있는 거야."

이철환의 『연탄길3』 중에서

힘들면 잠시 쉬어 가세요

➡ '아버지의 사랑'은 헤아릴 길이 없습니다. 어머니의 사랑을 직접적이고 감성적이라고 한다면, 아버지의 사랑은 간접적이고 은근한 까닭입니다. 이런 까닭에 자식들은 아버지의 사랑을 가끔은 의심하기도 합니다. 그러나 오늘날 아버지들은 많이 외롭습니다. 가정에서 가장으로서의 권위도 예전 같지 않고, 직장에서는 위아래에서 늘 목을 조여 오기 때문입니다. 그래서 가끔은 아버지께 "당신을 사랑합니다."라고 말씀드려야 합니다. 그래야 아버지께서 덜 외로우실 것입니다.

시집가는 딸에게
- 어머니로부터 -

내 딸아,
네가 왕을 대하듯
남편을 존경한다면,
그는 너를 여왕 대접하듯 대접할 것이다.

그러나 네가 노예처럼 행동한다면,
남편은 너를 노예처럼 다룰 것이다.

만약 네가 자존심을 내세워
그에게 봉사를 꺼린다면
그는 힘으로 눌러
너를 식모로 만들어 버릴 것이다.

만약 남편이 친구 집을 방문하게 되면,
너는 그를 목욕시키고
옷차림을 단정히 하여 내보내야 한다.

힘들면 잠시 쉬어 가세요

만약 남편의 친구가 집을 방문하거든,
성심껏 잘 대접해야 한다.
그렇게 하면 남편을 소중히 여길 것이다.

항상 가정에 마음을 쓰고
남편의 물건을 소중히 해라.
그는 기꺼이 너의 머리 위에 왕관을 바칠 것이다.

『탈무드』 중에서

➡ 결혼은 천국도, 낙원도 아닌데 사람들은 결혼을 합니다. 물론 남녀가 결혼을 해야 나라가 유지되고 번성할 수 있지만……. 그런데 탈무드의 글은 꼭 여자인 '아내'에게 국한해서 하는 말이 아닙니다. '아내'만 잘 한다고 해서 가정이 평화롭고 행복해 지는 것은 아니기 때문입니다. 과거와 달리 오늘날 부부란 동반자이자, 동등한 관계입니다. 이 같은 사실을 서로 인정하면서 결혼 생활을 해 나간다면 아마도 실패하거나, 다투는 일은 없을 것입니다.

거절과 인간관계

잘 거절할 줄 아는 사람은 신뢰감을 준다.

이 사람이 'No'라고 말했을 때에는
정말로 할 수 없을 것 같다고 생각되고,

이 사람이 'Yes'라고 말했으니까
도중에 그만두는 일 없이
제대로 끝까지 해 줄 것이라는 신뢰감이다.

이것도 인간관계를 지속할 수 있는 신뢰감이다.

사이토 시케타의 『느낌 좋은 사람의 99가지 공통점』 중에서

힘들면 잠시 쉬어 가세요

➡ 인생을 살다 보면 아는 이가 무슨 일을 부탁해 왔을 때 이를 거절하기란 결코 쉽지 않습니다. 부탁을 거절했어야 함에도 인정이나 안면 때문에 거절하지 못했다가 낭패를 당하는 경우도 많습니다. 그러나 이는 바람직한 태도가 아닙니다. 당장은 가슴이 아플지라도 거절해야 할 때는 확실히 거절하는 단호함이 때로는 필요합니다. 그것만으로도 우정이나 사랑을 지킬 수 있기 때문입니다.

더불어 사는 세상, 소통하며 관계 맺으며

편견의 '자'를 버려라

웃기는 것은
남이 어떤 일을 하는 데
시간이 걸리면 게을러서이고,
내가 시간이 걸리면 철두철미해서이다.

남이 일을 하지 않으면
게을러서이고,
내가 하지 않으면 바빠서이다.

누가 하라지 않아서 하면 월권이고,
나는 진취의 기상이 있어서이다.

남이 의견을 강력히 주장하면
그 사람은 고집스런 것이고,
나의 경우는 단호한 의견 발표다.

힘들면 잠시 쉬어 가세요

남이 예절에 벗어나면
배우지 못해서이고,
내가 그러면
내 할 일을 하고 있기 때문이다.

이규호의 『에세이 명심보감』 중에서

➡ 사람은 누구나 자기만의 고유한 '자'를 하나씩 갖고 자
기중심적으로 살아가는 데 익숙해져 있습니다. 그리고 자기
자로 타인을 제멋대로 판단하고 재단하는 경향이 있습니다.
이런 까닭에 '내가 하면 로맨스지만, 남이 하는 불륜이다.'라
는 우스갯소리도 있는 게 아닌가 싶습니다. 그러나 '역지사
지(易地思之)'라고 입장을 바꾸어 타인의 자에 나를 맞추도록
노력한다면, 타인과의 관계가 좀 더 원만해지고 평화도 유
지될 것입니다.

의리를 저버리는 자, 멀리하라

파렴치한 행동으로 남을 무시하고
자기만의 이익을 도모하고
공적인 소유를 도모하는 등등의 처세를 한다면,

그리고 정의나
인도(人道)를 헤아리는 사람이 아니라면,
불의나 부정을 감행하는 자로서
곁에 얼씬도 못하게 해야 한다.

아니, 누구를 막론하고
'의리를 저버리는 사람'은
자기 한 몸에 위험이 닥칠 염려가 없을 경우에는
국법도 쉽사리 짓밟는 행위도 서슴지 않는다.

쇼펜하우어의 『복잡한 세상을 사는 간결한 지혜』 중에서

힘들면 잠시 쉬어 가세요

➡ 심리학적으로 한 번 배신한 사람은 계속 배신자가 된다고 합니다. 의리를 지키는 것도 이와 다를 바 없습니다. 의리를 헌신짝처럼 저버리는 자 역시 배신자일 뿐입니다. 그뿐만 아니라 크든 작든 신세를 지고도 은혜를 모르는 자, 또한 마찬가지 부류입니다. 따라서 사람을 사귈 때에는 신중에 신중을 거듭해야 합니다. 한 번 사람을 잘못 사귀면, 그로 말미암아 패가망신을 당할 수도 있기 때문입니다.

아름다운 사랑을 하려면

책임이 뒤따라야 한다.

아름다운 사랑을 이어 가려면
반드시 사랑의 본질이 무엇인지 알아야 한다.

아름다운 사랑에는
반드시 정신만큼 아름다운
육체의 아름다움에 대해서도 알아야 한다.

전태자의 『사랑의 신비』 중에서

힘들면 잠시 쉬어 가세요

➡ 진정 아름다운 사랑이란 어떤 것일까요? 우리들은 거의 매일매일 TV 드라마나, 영화, 소설 속에서 수없이 많은 사랑 이야기를 접하고 있습니다. 그 이야기들 중에는 눈물 나고 감동적인 내용도 많지만, 그렇다고 해서 '저것이 바로 진정한 사랑이다.'라고 말할 수 있는 사랑은 없습니다. 그 까닭은 사람들의 생각이 저마다 다르듯, 사랑의 행태 또한 가지각색이기 때문입니다. 그러나 사랑 중에서도 남녀 간의 사랑의 경우, 쾌락을 떠난, 마음과 몸이 하나 된 사랑이 진정한 사랑이 아닐까 생각됩니다.

더불어 사는 세상, 소통하며 관계 맺으며

공자의 '참' 친구론

공자는 친구의 유형을
가까이 해서 도움이 되는 친구와
도움이 되지 않는 친구 등
두 가지로 나누었다.

가까이 해서 도움이 되는 친구는
첫째, 성실한 사람
둘째, 강직한 사람
셋째, 교양이 있는 사람이며,

가까이 해서 도움이 안 되는 친구는
첫째, 쉬운 것을 좋아하는 사람
둘째, 사귀기 좋은 사람
셋째, 언변이 좋은 사람이다.

이상각의 『인간관계를 열어 주는 108가지 따뜻한 이야기』 중에서

힘들면 잠시 쉬어 가세요

➡ 우리는 살면서 많은 사람들과 만나고 또 헤어집니다. 그러나 보다 가치 있는 만남과 헤어짐을 위해서는 어떤 지혜가 필요합니다. 친구를 사귐에 있어서는 더더욱 그렇습니다. 진정한 친구는 자신이 스스로 만들어 가야 합니다. 이런 까닭에 지금 곁에 있는 친구들이 나의 진정한 친구인지, 버려도 되는 친구인지 자문자답해 볼 일입니다. 버려도 되는 친구라면 과감히 버리는 것이 서로를 위해 좋은 일일 것입니다.

더불어 사는 세상, 소통하며 관계 맺으며

아름다운 삶을 소망한다면

날마다 누군가의 곁이
되어 줄 수 있다면 좋겠다.

우리들 저마다 곁에 있는 것처럼
소중한 축복이 어디 있겠는가?

저 골목 마을 어디쯤엔가
삶의 뿌리를 내리고
이웃네와 벗하며
오순도순 아옹다옹 살아가는 일.

그 이상의 위로와 격려가 어디 있겠는가?

임의진의 『참꽃 피는 마을』 중에서

힘들면 잠시 쉬어 가세요

➡ 사람은 혼자서는 살 수 없는 '사회적 동물'입니다. 특히 '유유상종(類類相從)'이라 했듯이 사람들은 끼리끼리 더불어 살기를 원합니다. 그런데 그 출발은 바로 가정입니다. 가정은 가장 작은 단위의 사회이기 때문입니다. 따라서 가정이 서로 화목하면, 이웃과도 정겹게 살아갈 수 있습니다. 특히 아름다운 삶을 소망한다면, 가족이든 이웃이든 서로를 진실로 사랑하고, 이해하며 더불어 살아가야 합니다.

장님의 등불

앞을 못 보는 장님이 있었습니다.

하루는 친구 집에서 식사를 하고
이런저런 이야기를 나누다
날이 어두워 돌아가려고 할 때였습니다.

친구가 등불을 켜
그의 손에 들려주는 것이었습니다.

장님은 화를 냈습니다.
"이 사람아, 나를 놀리는 건가?
밤과 낮을 구별 못하는 나에게 웬 등불인가?"

그러자 친구는 이렇게 이야기하는 것이었습니다.
"누가 그걸 몰라서 그러는가.

자네가 이 등불을 들고 가면
다른 사람들이 지나가다
자네와 부딪칠 염려가 없질 않는가."

박성철의 『쉼터』 중에서

➡ 세상에서 가장 행복한 일은 주위 사람들을 행복하게 해 주는 일이라고 합니다. 그러나 불행하게도 불편을 주거나 해를 끼치는 경우가 더 많습니다. 남을 배려할 줄 모르는 개인주의와 이기심, 그리고 부주의 때문입니다. 그러나 지금부터라도 나 자신의 행복뿐만 아니라 내 주위 사람들의 행복을 위해 등불을 쥐어 줄 수 있는, 가슴 따뜻한 우리가 되었음 합니다. 사람은 더불어 살아야 하는 사회적 동물인 까닭입니다.

소통의 본능과 목적

인간이 지닌 여러 본능 중

'소통'의 본능은

다음의 세 가지 조건을 만족해야 한다.

소통하고 싶은 생각.

소통하고자 하는 의지.

그리고 소통할 수 있는 대상.

또한 소통의 목적을 이루려면,

다음의 세 가지 조건을 만족해야 한다.

상대방의 생각을 고려한 나의 생각.

상대방의 감정을 배려한 나의 감정.

그리고 상대방을 움직일 수 있는 나의 마음.

『함께 사는 사회』 (2009년 1/2호) 중에서

힘들면 잠시 쉬어 가세요

➡ 아무리 멋진 생각과 말이 있어도 들어 줄 대상이 없다면 허공에 사라지는 메아리만 남길 뿐, 소통의 기쁨은 얻을 수 없습니다. 이런 까닭에 누군가와 '통(通)하는 사이'라는 사실은 우리를 행복하게 합니다. 혼자가 아니라는 사실은 힘든 세파를 견디게 하는 가장 큰 힘이기도 합니다. 따라서 우리는 어떤 어려움이 있더라도 누군가와의 소통을 절대 포기해서는 안 됩니다.

더불어 사는 세상, 소통하며 관계 맺으며

우리가 살면서 알아야 할
또 한 가지 사실은
세상에는
기이한 인연들로 가득하다는 것이다.

언제나
모든 사람들에게 친절하게 대하고,
모든 일을 완벽히 처리하며,
모든 기회에 감사하는 태도를 배워야 한다.

어쩌면 당신과 우연히 스친 사람이
당신에게 가장 가치 있는
인맥이 될 수 있기 때문이다.

박금실 『습관의 정원은 인맥의 놀이터』 중에서

➡ 인간관계 유지의 핵심은 바로 상호 간에 득이 되고, 서로 존중하는 것입니다. 즉, 일방적으로 남의 덕을 보려하지 않으며, 주변의 모든 사람들을 존중하는 것입니다. 이런 까닭에 오늘 당신이 오다가다 마주친 대수롭지 않은 사람이 어쩌면 내일 당신의 성공의 열쇠를 쥐고 있는 귀인일 수 있음을 명심해야 합니다. 따라서 사람을 함부로 대하는 것은 스스로 중요한 인맥을 포기하는 어리석은 일입니다.

내 말을 줄이고 경청하라

남의 말에 귀를 기울여라.
신중할지어다.

묻는 사람이 없거든
절대 입을 열지 마라.

물음을 받거든
당장 간단히 대답하라.

행여 물음에 대해 모른다고 해도,
그것을 고백하기를 부끄러워하지 마라.

이창호의 『칭찬의 힘』 중에서

힘들면 잠시 쉬어 가세요

➡ 대화를 하다 보면 상대방 입장은 무시해 버린 채, 자신의 말만 장황하게 늘어놓는 사람들이 많습니다. 그리고 상대방을 무조건 자기 뜻대로 설득하려 듭니다. 그런데 사람이 귀가 두 개고, 입이 하나인 까닭은 말은 가급적 적게 하고, 듣기는 많이 하라는 의미입니다. 대화는 상호 의사소통이 목적입니다. 따라서 효과적인 대화란 내가 하고 싶은 말을 줄이고, 상대방의 말을 가급적 많이, 진지하게 들어 주는 것입니다.

먼저 씨를 뿌려라

행복을 거두고 싶다면
행복의 씨앗을 뿌려야 한다.
남을 행복하게 해 줘야 한다는 뜻이다.

재물의 복을 거두고 싶다면
남의 삶 속에 재물의 씨앗을 뿌려야 하고,

우정을 거두고 싶다면
우정의 씨앗을 뿌려
누군가의 친구가 되어 주어야 한다.

언제나 씨앗을 먼저 뿌려야 하는 것이다.

조엘 오스틴의 『긍정의 힘(실천편)』 중에서

➡ 우리가 크게 성장하지 못하는 이유는 자기중심적인 태도로 씨를 부리지 않기 때문입니다. 태도를 바꾸어 사랑의 손길을 뻗지 않는 한, 우리는 모든 면에서 영영 미숙아 신세를 면할 수 없습니다. 따라서 자신의 문제를 해결하려면, 먼저 다른 사람의 문제를 도와야 합니다. 한마디로 땅에 먼저 씨를 뿌려야 수확이 있다는 사실입니다. 먼저 씨를 뿌리십시오. 그러면 더 많은 것을 원할 때 수확할 수 있습니다.

행복한 가정을 이루려면

가정을 이루는 데 실패하는 것보다
차라리 돈을 버는 데 실패하는 것이 더 낫다.

가정을 당신과 당신을 사랑하는 가족들이
항상 머물고 싶어 하고
떠나기 싫어하는 장소로 만들기 위해
모든 힘을 쏟아라.

행복한 가정을 이루는 비법은
진정한 애정을 표현하는 것이다.

O.S. 마든의 『행복하다고 외쳐라』 중에서

힘들면 잠시 쉬어 가세요

➡ 만일 가정이 화목하길 바란다면 당신이 먼저 행복을 나누어 줘야 합니다. 가정의 기쁨은 주고받기에서 나옵니다. 항상 일방적일 수는 없습니다. 우울함, 낙담, 짜증, 괴팍함으로는 가정의 행복, 평화를 기대할 수 없습니다. 또한 가정은 투자입니다. 투자 금액이 적으면 기쁨, 평온, 행복을 많이 배당받을 수 없습니다. 다시 말해서 가정에 행복의 재료를 넣지 않고 행복을 얻을 수 있는 방법은 그 어디에도 없습니다. 행복한 가정은 끊임없는 소통과 조건 없는 투자 속에서 이루어집니다.

더불어 사는 세상, 소통하며 관계 맺으며

타인의 장점만 보도록 하라

이 세상에
어떠한 사물이든, 사람이든
장점을 가지지 않는 것은 없다.

그러나 많은 사람들은
사악한 후각을 이용해
남이 가진 그 많은 장점 중에서
굳이 한 가지 단점에만 눈독을 들여
그것을 끄집어내 비난한다.

이러한 행동은
다른 사람의 마음과 정신의 쓰레기나
파먹고 사는 짐승 같은 짓이다.

발타자르 그라시안의 『살아가는 동안 내가 해야 할 일』 중에서

힘들면 잠시 쉬어 가세요

➡ 어리석은 이들은 남의 단점을 모아 목록을 작성하는데, 이런 짓은 지성을 돋보이게 하기는커녕, 자신의 비열한 취향을 만천하에 스스로 드러내는 일입니다. 그러나 많은 단점 가운데서 우연히 발견한 단 한 가지의 아름다움을 끄집어내어 상대방을 칭찬하는 사람이 있다면, 그는 매우 고상한 취향을 가진 사람임에 틀림없습니다. 남의 단점을 보지 말고 장점을 보고자 노력하십시오. 그러면 상대방도 당신에게 그리할 것입니다.

더불어 사는 세상, 소통하며 관계 맺으며

현명한 배우자를 선택하려면

인간은 결혼하기 전에
인생의 삼분의 일을 살고
결혼하고 나서 삼분의 이를 산다.

인생에 있어서 중요한 시기를
배우자와 함께 보내게 된다.

따라서
나의 꿈을 이루도록 도와줄 사람인가,
방치할 사람인가,
오히려 방해할 사람인가를
판단해 신중히 선택해야 한다.

한창욱의 『나를 변화시키는 좋은 습관』 중에서

힘들면 잠시 쉬어 가세요

➡ 훌륭한 배우자는 상대적입니다. 나에게 잘 맞는 배우자가 훌륭한 배우자이며, 좋은 조건을 갖추고 있다고 해서 반드시 훌륭한 배우자는 아닙니다. 상대방의 조건만 보고 배우자를 결정하는 것처럼 어리석은 일은 없습니다. 이것은 마치 지불 능력을 고려하지 않고 카드로 값비싼 물건을 사는 것과 같습니다. 결혼에 실패하는 대부분의 이유는 '나와 결혼할 사람'을 선택하지 않고, '결혼하기에 좋은 조건을 갖춘 사람'을 선택하기 때문입니다.

남의 허물을 함부로 들추지 마라

인내심을 가지도록 하고
걸핏하면 남을 비판하는
일을 삼가도록 하라.

남의 처지가 되어
넓은 안목으로 사물을 보도록 하고
어떤 행위로 인해 야기될
상황을 이해하도록 노력해야 한다.

이러한 안목을 가지면
남의 일, 남의 평화를 간섭하지 않고
고결한 인생을 살아갈 수 있다.

담마난다의 『현명한 사람은 마음을 다스린다』 중에서

힘들면 잠시 쉬어 가세요

➡ 볼탄 홀(Baton Hall)은 다음과 같이 말했습니다. "나는 내 아우를 비판의 현미경으로 보고서 '내 아우가 참 형편없구나.'라고 말합니다. 나는 내 아우를 꾸지람의 현미경으로 보고서, '내 아우는 참 작구나.' 하고 말합니다. 다음에는 진리의 거울에 비춰 보고 '내 아우 꼴이 어쩜 나와 꼭 같담.' 하고 말합니다." 남의 허물, 남이 한 일이나 하지 않은 일에 대해서 허물을 살피지 말고 자기 할 일과 하지 않은 일에 대해 먼저 생각해 보아야 합니다. 아무리 나쁜 사람이라도 좋은 점은 있으며, 아무리 훌륭한 사람이라도 나쁜 점은 있는 법입니다. 따라서 함부로 남의 허물을 찾아 입에 올리는 일을 해서는 안 될 것입니다.

더불어 사는 세상, 소통하며 관계 맺으며

사람을 사귈 때는 잘 살펴라

아이러니하게도,
절대로 사귀어서는 안 될 사람은
어찌된 일인지 대부분 머리가 좋다.

특히 나쁜 방면으로는
머리가 비상하게 잘 돌아간다.
상대의 심리를 파악하는 데는 천재적이다.

그들은 어떻게 하면 상대가
자신의 뜻대로 움직일 것인지 알고
계획적으로 접근한다.

처음에는 부드럽고 겸손한 척하며
다가오기 때문에 세심한 주의가 필요하다.

하이브로 무사시의 『인간관계 백서』 중에서

힘들면 잠시 쉬어 가세요

➡ 세상에는 남에게 미움 받고, 두려움의 대상이 되고, 남에게 상처 주는 것을 자신의 존재의 이유로 여기는 사람이 많습니다. 물론 무슨 일이든 경험으로 돌리면 되겠지만, 이런 사람과는 만나지 않는 것이 상책입니다. 이런 사람은 언젠가는 해를 끼치기 때문에 이런 부류와 마지못해 맞서야 할 경우가 아니라면 말입니다. 특히 이런 사람들과는 다툴 필요도, 만날 필요도, 애써 유감의 편지를 보낼 필요도 없습니다. 그저 세상에는 절대 만나서는 안 될 사람이 있다는 사실을 인식하면 됩니다. 물론 이와 반대로 좋은 사람이 분명 더 많이 있습니다. 그래서 세상은 살 만한지도 모르겠습니다.

나누는 삶은 아름답다

우리는 모두 여기에
짧은 여행을 하러 온 것이다.
이유도 모른 채 말이다.

어쩌면 신의 섭리가
우리를
여기에 있게 한 것인지도 모른다.

삶이란 관점에서 볼 때,
나는 여기에 온 이유 중
한 가지는 분명히 알고 있다.
그것은 내가 다른 사람을 위해
이곳에 왔다는 사실이다.

힘들면 잠시 쉬어 가세요

하루에 몇 번씩
나는 이미 죽었거나, 아직 살아 있는
다른 사람의 덕에
살아가고 있는 나를 발견한다.

『아인슈타인 어록』중에서

➡ 사람이 정말 훌륭해지기 시작하는 분기점은 자신이 가진 것을 타인들에게 나누어 주기 시작할 때부터라고 합니다. 그러나 나누기 위해 꼭 부자일 필요는 없습니다. 돈이 있으면 돈을 나누고, 재능이 있으면 재능을 나누고, 따뜻한 마음이 있으면 그 마음을 나누면 되기 때문입니다. 절망한 사람에게 희망의 이야기를 들려주고, 아픈 이들에게 관심과 시간을 나누어 줄 수 있다면, 이미 당신은 나눔에 나선 것입니다. 따라서 아무것도 나누지 않는 사람들이 바로 가난한 사람들입니다.

더불어 사는 세상, 소통하며 관계 맺으며

편견은 나를 망치는 독이다

사람들은 누구나 예외 없이
자신을 과대평가하게 마련이다.

타인에게서 칭찬이라도 들으면
점점 좋은 기분에 빠져든다.
친구끼리의 경우는 서로 결함을 묵인하거나
대충 모호하게 넘기고 만다.

한편 적대적 관계에 있는 사람의 비판은
쓰리게 와 닿지만
대개는 정곡을 찌르는 경우가 많다.
그들은 우리가 결코 인정하지 않은
결함을 놓치지 않기 때문이다.

존 토드의 『나만의 인생, 당당하게 살아라』 중에서

➡ 어떤 사람이나 작가에 대해서 한 번 고착된 편견을 품어 버리고 나면 그로부터 벗어나기가 여간 어려운 것이 아닙니다. 결국 판단이 삐뚤어져 편협한 인간이 되고 맙니다. 이것이 심하면 판단력보다도 편견에 좌우되어 행동하는 것이 습관화되어 버립니다. 만사에 한 치의 치우침 없이 공정하게 생각하는 두뇌란 것은 지극히 귀중하지만, 그러한 사람 역시 매우 드뭅니다. 따라서 편견을 버리기 위한 끊임없는 자기 수양과 노력이 필요합니다. 편견은 결국 자신을 망치고 상대방마저 욕되게 만들기 때문이다.

언제나 축하하라

타인의 성공은
곧 당신의 성공이고,
타인의 행복은
곧 당신의 행복이다.
그렇게 생각할 수 있도록 노력하라.

성공을 바라고
행복한 사람이 되고 싶다면
실제로 그런 사람인 것처럼 행동하라.

그것이 당신에게 행운을 불러오는
최고의 행운이다.

사토 도미오의 『하루에 세 번 yes라고 외쳐라』 중에서

힘들면 잠시 쉬어 가세요

➡ 타인의 성공이나 부를 시기하고 질투하는 것은 인생을 파멸로 이끄는 무서운 감정입니다. 특히 상대를 시기하는 태도는 자기 자신의 실패를 예정하는 것과 같습니다. 그러나 타인의 행복과 성공을 진정으로 바라고 축복해 줄 수 있다면, 마음은 기쁨으로 충만해집니다. 그리고 비록 자신이 주체가 아닐지라도 자율신경계는 '성공할 수 있다.', '행복해서 기쁘다.'라는 메시지를 받아들여 자동 목적 장치가 꿈을 실현하기 위해 움직이기 시작합니다. 그러면 저절로 '행운이 따르고' 성공과 행복을 얻을 수 있습니다. 언제나 남을 축하하고 축복하십시오.

사람 됨됨이를 보라

사람과 사귈 때는
직함을 배제하고 봐야 한다.

그렇지 않으면 자칫 표적을 향해
빗나간 화살을 남길 수 있기 때문이다.

사장이기 때문에 훌륭한 인물이 아니라,
훌륭한 인물이기 때문에
사장을 맡고 있다는 사고방식을 가져야 한다.

따라서 진실한 사귐을 원한다면
자신의 직함도,
상대방의 직함도
허구임을 인식하고
평범한 인간으로서 접촉을 시도해야 한다.

➡ 사람들은 명함에 쓰인 직함에 대해 지나치게 연연하는 경향이 있습니다. 직함에 따라 존경 여부를 결정하고 평가의 기준을 정하기도 합니다. 그러나 진정한 의미의 직함이란 그 사람의 행동이나 사상에 의해서 정해지는 것일 뿐, 직업상의 직함이란 직업과 관련된 장소에서의 편의를 위한 사실이란 것을 기억해야 합니다. 이런 까닭에 직함보다는 먼저 사람 됨됨이를 보아야 합니다. 직함이 높은 사람들 중에도 부도덕하고 이중인격을 가진 자들이 생각보다 많기 때문입니다.